林文宝谈儿童阅读

林文宝 著

复旦大学出版社

目 录

谈读书　001

谈阅读　009

儿童文学与阅读　015

幼儿与阅读　031

从必读书目谈起——师院生必读书目　063

通古才足以变今　071

启蒙教材与读经　079

朗诵及其基本腔调　095

台湾地区儿童"诗教育"　107

台湾地区儿童阅读的历程　133

台湾地区儿童读物选书工具述论　165

附录一　179

附录二　180

附录三　185

谈读书

读书是知识的火种。
读书是智慧的泉源。
读书是一种心灵的探险。

孔子曾说:

  十室之邑,必有忠信如丘者焉,不如丘之好学也。(《论语·公冶长篇》)

  吾尝终日不食,终夜不寝,以思,无益,不如学也。(《论语·卫灵公篇》)

黄山谷也说:

  士大夫三日不读书,自觉语言无味,对镜亦面目可憎。(见《岩栖幽事》)

而今人高希均也说:

  清寒而不寒酸,小廉而不俗气,这个关键就在当事人是有书卷气,还是市侩气?也就是当事人是否重视读书、是否热衷知识、是否追求精神层面。(见《天下的书》第五期,第74页)

一般说来,知识的获得有二途:一是直接经验;一是间接经验的获得,主要是靠读书。因此,读书是进入人类知识的广阔领域的一个重要途径。

读书一词,似乎人人皆能知晓。但若深究起来又似非浅显。林语堂在《读书的艺术》一文里说:

  什么才叫做真正读书呢?这个问题很简单。一句话说,兴味到时,拿起书本来就读,这才叫真正的读书,这才不失读书的本意。(见大汉版《读书的艺术》,第85页)

这是种很即兴的读书,如果兴味不到,那就不用读书。《"国语"日报辞典》的解释是:

1. 阅读书籍。是正统的啃课本,不是看闲书。
2. 小学"汉语"科的要项之一。由老师教学生怎样了解文意,欣赏文句。(第782页)

这样的解释，似乎也未能道尽读书的真正意义。

又徐蓬轩在《读书座右铭》里，曾引华因的界说如下：

> 华因说："读书这个名词的含义，是指一种有目标有系统有范围的工作，不仅止于字面所表示的。"（见信谊版《读书作文研究》合刊本，第1页）

传统的读书是指印刷的书，然而今日的书却有很多的种类，任何的传播媒体都有传播知识、教育大众的功能，印刷只是一种媒体，因此我们对书的概念应该有所改变。或许我们可以从多重智力的观点来重新界定书的范畴。我们知道，虽然在学校里曾天天与书为伍，但真正知道怎样读书，并且能品尝到书中情趣的实在不多，因此，所谓的读书，似乎不是可随个人喜好来决定的事。就意义上说，读书是要求增加知识，而能"日知月无忘"的记忆工作。再进一步说，那又是一种学习法，如试验、观察、实验等的学习方法一样。不过，读书是最经济最普及的学习法而已。徐蓬轩认为：

> 我们可以明白读书有三个要件，就是（一）记忆，（二）学习，（三）思考。现在再表示其关系如下：

由此可知，读书并非简易，尤其有关"读书方法"，似乎亦成为一项专门的学问。所谓读书，并不就是正经的啃课本，由小学到中学到高中，甚至大学研究所，为功课读书的那一类。这种的读书只是属于单行道的读书。真正的读书，应该是双线道、四线道，以至于交流道式的多方面、多孔道，有来有往的读书，如此才会有效果。

读书是一种最普及的学习方法，同时也是一种重要的思考传递"工具"；并且也是一种复杂而需要技巧的思想传递工具。因此，古今中外有无数学者谈论过读书的问题，张春兴教授在《怎样突破读书的困境》一书里，曾综观各家意见，认为大致不出三大主题：

其一,为什么读书;其二,读什么书:其三,怎样读书。(东华版,第4页)

张教授认为第二个问题比较单纯,且与第一题有关。如果读书的目的确定,读什么书自然也不成为问题。试就第一与第二两问题略述如下:

为什么要读书?读书有什么价值?读书的目的何在?
有人说读书是没有目的,只是消闲解闷、打发时间。
有人是为吸收知识,充实自己。
也有人是绝对没有功利色彩的研究、读书。

不论其目的何在,我们相信读书的目的与价值,和时代、社会有错综的关系,断非片言可决。张春兴先生认为读书,至少应有三个目的:

1. 文化承传的目的。
2. 实际应用的目的。
3. 生活充实的目的。(同上,第5页)

由此可知,读书是与生活一致的;也就是说读书是生活所必须。读书可以致用,可以改善人类生活。同时,读书更可使人类文化连续发展,人类之所以进步,是累积无数人不断努力所造成。所以,朱熹说"读书是求学问的第二事"。(见远流版《朱子读书法》,第3页)

至于怎样读书,是读书的重心。其中最为大家所熟悉者,可能是朱熹的"博学、审问、慎思、明辨、笃行",以及胡适的"眼到、口到、心到、手到"等四到。其失在于空泛与笼统。学习心理学兴起后,始有科学的读书方法。其中又以SQ3R的学习方法最为有名。此法为美国爱阿华大学教授罗宾逊(F. P. Robinson)在第二次世界大战时为美军特种训练所设计。S 代表 Survey,即综览;Q 代表 Question,即问题;第一个 R 代表 Reading,即阅读;第二个 R 代表 Recite,即背诵;第三个 R 代表 Review,即复习。概括来说,SQ3R 代表学习过程中的五个步骤。此法适用于阅读一般教科书与参考书。以后其他的方法,或多或少皆受SQ3R 的影响。其实,过分强调方法,有时并不能突破读书的困境。《孟子·万章篇下》有段话说:

> 伯夷，圣之清者也。伊尹，圣之任者也。柳下惠，圣之和者也。孔子，圣之时者也，孔子之谓集大成。集大成也者，金声而玉振之也。金声也者，始条理也，玉振之也者，终条理也。始条理者，智之事也；终条理者，圣之事也。智，譬则巧也。圣，譬则力也。由射于百步之外也，其至，尔力也；其中，非尔力也。

我们相信，如果不能射于百步之外，而奢谈百步之外的射中技巧，事实上是没有多大的意义。因此，所谓传统学者们对"怎样读书"问题，只是客观地从指导者的立场提供了普遍性的原则，而从未从读书者本身的角度考虑影响读书效果的因素。是以张春兴先生从心理学的观点，认为读书一事应同时考虑的三个问题：

第一，能不能读书？
第二，愿不愿读书？
第三，会不会读书？（见东华版《怎样突破读书困境》，第7~8页）

引申来说，能不能读书，是指个人有没有读书基本能力。基本能力不足，则会有事倍功半的反效果。在心理学中，读书是种学习行为。学习的心理基础是智力和性向；前者属普通能力，智力高者对一般事务都可以学习。后者属特殊能力，性向偏于某一方面者，经学习后可能在该方面表现比较特殊的成绩。能不能读书是最基本的主观条件，具备了这个条件，然后才能谈其他问题。我们知道，在学习某种专门知识之前，必须具备某些基础和经验作为起点，这是所谓的"起点行为"，起点行为是基础，是经验。旧经验如果不够用，则新经验学不来。这种起点行为可解释为读书所需的能力，也就是平常所说的阅读能力。有了阅读能力才能看得懂，读得通；看懂读通之，始能吸收书中的新知识。一般所谓的阅读能力，是指学科基础和语文能力而言。

而愿不愿读书，是指动机与兴趣而言。读书要有成果，必须靠个人自动、自发、锲而不舍的长期努力。自动自发是一种内在的力量，此种内在力量，在心理学上称为动机。动机促动的行为，如专注于某一特定事务，就称它为兴趣。读书要有绩效，必须从读书者的主观立场去考虑如何引起并维持动机和如何培养兴趣去着手。有动机，才会接触书本，因接触而有读书的活动。由读书的活动中引发兴趣。惟其有动机兴趣，方能扩大加深为乐趣，也因此而使读书成为一种习惯性的行为。

至于会不会读书，即是指怎样读书而言，也就是所谓的读书方法。事实上

并无行之四海而不变的读书方法或策略。孟子说:

离娄之明,公输子之巧,不以规矩不能方圆。(《孟子·离娄篇上》)
大匠诲人,必以规矩,学者亦必以规矩。(《孟子·告子篇上》)
梓匠轮舆,能与人规矩,不能使人巧。(《孟子·尽心篇》)

我们知道,方法与学者本人的价值信念与思想有关,更关系认知及感性对象的性质。所以,不能硬套,也不能任意移易。由此可知,方法并非一成不变,惟有掌握原则或规矩,了解读书方法的变通性与主体性,方能达成读书的效用。也就是要知道对什么的书怎样读,在什么条件之下怎样读,如此才能达到具体实用的目的。(以上参见《怎样突破读书的困境》,第7~8页)

持此,可知只有从上述三方面同时着手,读书的心理困境始有突破的可能。总之,我们要了解,读书越主动,就能读得越好。如果能扩大读书范围,当然要比别人读得更好,能不断自我要求,读书当然会更有成果。多读书,可以使我们明了生活的目的,使我们的理想变得更崇高,使我们更加长进。书是人类进步的阶梯,读书越多,就使我们和世界越接近,生活对我们也变得越加快乐和有意义。在民主社会中,财富可以独享,但知识很难独占。如果其他条件一样,一个多读书、知识较多的人,大概比较容易有客观的态度、开放的胸襟、进取的意愿以及自知之明。

阿尔文·托夫勒(Alvin Toffler)在《权利的转移》(*Power Shift*)一书中认为:"争夺未来主导权的人,必须运用暴力、财富和知识。"(见时报版,第10页),同时,他更认为"于三个工具中,最有用的还是知识,可以用它来奖惩、说服和甚至转化,譬如化敌为友。还有,只要掌握正确信息,可以避免浪费钱财与力气。""无论暴力和财富,都必须赖知识才足以发挥真正的力量。"(同上,第15页)又《第一次全球革命》一书中有段话:

面对世界问题的挑战中，人类有三项工具可听其使用，以走过这个过渡时期。这三项工具并不新颖，只是需要以全球观点给它们一些适当的方向，以应付世界新情势。这三项工具是：透过教育不断学习，科学和新科技的贡献以及大众媒体的角色。（时报版，第169页）

面对理性的高涨，以及复杂的科技，世界瞬息变异，已无恒久与不变可言。是愈来愈多人体认到生而为人的意义。或许我们可以说：读书是文明生活中所共识的一种乐趣。远离了读书，就失去了乐趣。

且让我们抛弃尘世，抖落一身俗气，做个快乐的读书人。

林文宝谈儿童阅读

谈阅读

谈阅读

读书、知识与权力、功利，时常纠缠难解，古今中外似乎皆然。宋真宗《读书乐》云：

富家不用买良田，书中自有千钟粟；
安民不用架高堂，书中自有黄金屋；
娶妻莫恨无良媒，书中自有颜如玉；
出门莫恨无人随，书中车马多如簇；
男儿欲遂生平志，五经勤向窗前读。

有人批评这是封建的功利思想，所谓"万般皆下品，只有读书高"，似乎臭酸得够味。

英国哲学家培根（Francis Bacon，1561~1626）在《新工具》一书说：

人类知识和人类权力合为一体，因为我们如不能发现原因，就不能产生结果。要想指挥自然，必先服从自然。因此思维中所发现的原因，就成了实行中的规则。（见台湾商务印书馆1971年3月台一版关琪相译本，第37~38页）

英文中常说的"知识就是力量"的名言，源自于培根。这句名言，正反映了当时英国新兴资产阶级为了发展资本主义生产，冲破宗教、神学和士林哲学的束缚，对促进科技事业发展的强烈愿望和高度重视，也反映了培根对作为巨大生产力的科技知识的社会作用的深刻理解。这句名言，激励人们去掌握人类已有知识，探索新的知识，开拓未知的领域，也成为人们读书学习的动力。

而阿尔文·托夫勒于《权利的转移》一书里认为：虽然权力来源有很多种，但暴力、金钱和知识的确是权力最重要的凭借，每种因素在权力游戏中都有不同的形式，且有质量的差异。暴力或胁迫的弱点就在缺少弹性，只能用来处罚，只能算是一种低质量的权力。比较起来金钱段数虽是高些，却也只是中级质量的权力。最高质量的权力是来自知识的运用。知识可以用来奖惩、说服甚至转化。还有,只要掌握正确信息,可以避免浪费钱财与力气。

后培根时代的革命正在全球进行。古代的权力大师,不论孙子、马基雅维里或培根,都无法想象今日深沉的权力转移。无论暴力或财富,都必须依赖知识才发挥真正的力量。

知识摇身变成当今质量最高的权力,它一改以往附属于金钱与暴力的地位,而成为权力的真髓,甚至是扩散前二者力量的最高原则。(以上详见1991年吴迎春、傅凌译本,第一章、第二章,第2~19页)于是,所谓的阅读或读书的话语,亦只是一种对权力的规范或操控的手段,阅读是手段、是结果。因此,倡言阅读运动、新阅读主义,不知其精神何在?更不知运动与主义是否为另一种的制约?读者是否会在其中迷失而不知返?米歇尔·福柯(Michel Foucault,1926~1984)对知识与权力的论述,亦足以令人惊心。

阅读、知识与权力纠缠的功利取向,虽无可厚非,却也不是唯一的意义,宋朝黎靖德编《朱子读书法》,前三则开宗明示:

> 读书是求学问者的第二事。(弟子李方子记录)
>
> 读书已是第二义。这是因为人生的道理当下完具,而人所以要读书,无非是为了人曾经历见识过许多道理。圣人是经历见识过许多道理的人,乃将这些经历与见识写在书册上给人看。而我们现在读书,就是要见识得这些道理。等到我们对道理真有所领会,便知道这些被领会了的道理,皆是我们自己当下本有的,丝毫不是从外头旋添进来的。(弟子杨至记录)
>
> 学问,须就自家身上切要处理会才是,那读书的事已是第二义。自家身上道理都完具,何曾须从外面添加进来什么。话虽如此,圣人教人,却尽要人读书,这是因为,自家身上虽道理完具,仍须经历过,领会过,才真个是有所得于己。至于圣人说的一切,都是他曾经亲身经历过来的。(弟子萧佐记录)

学者第一事,正是意义的追询与索问。

作为第二义的"读书"的本质,一言以蔽之,是从第一义意义领会来说的,就是去认清自己在历史的"时",就是去拥有一个可安身立命的"世界"。

读书之于人生是如此根本与必要。"自家虽有这道理,须是经历过,方得。"读书,为人指点出来的是存在的种种可能性。

古人高风,正似程颢称许周敦颐有云:

周茂叔窗前草不除去,问之,云与自家意思一般。(见《二程语录》卷四)

读书可以阅读自然,可以阅读人,更多的是指图书的阅读。虽然,"书不尽言,图不尽意。风月无边,庭草交翠"(朱文公文集卷八十五濂溪先生画像赞)是有自家意思显现。然而,宋人读书却有失高蹈。未若孔子亲切自然:

学而时习之,不亦说乎?有朋自远方来,不亦乐乎?人不知而不愠,不亦君子乎?(《论语·学而篇》)
学而不思则罔,思而不学则殆。(《论语·为政篇》)
十室之邑,必有忠信如丘者焉,不如丘之好学也。(《论语·雍也篇》)
吾尝终日不食,终夜不寝,以思,无益,不如学也。(《论语·卫灵公篇》)
古之学者为己,今之学者为人。(《论语·宪问篇》)
学如不及,犹恐失之。(《论语·泰伯篇》)

孔子的读书有如吃饭睡觉,更似人类的一种本能的行为。

面对读书、知识与权力、功利的共生,面对学习型的社会,如何推广终身学习,重建阅读理念,重返阅读的本质,亦即希望阅读的关系从知识权力的桎梏中解放,阅读成为一种互动、一种休闲和游戏,这是我们所该慎思之处。

读书,是终生的本能行为。

为自己在忙碌的生活中开辟另一个世界,无拘无束地在书中徜徉——读一直想读而没有时间读的书,读与工作不相关的书,甚至读自己都不知道为什么要读的书!读一些"闲书",把自己变得少一分功利、多一分气质!

而后,胸中洒落,有如光风霁月;乾坤朗朗,自有生机。

林文宝谈儿童阅读

儿童文学与阅读

一、前　　言

台湾地区儿童阅读在台湾地区教育行政主管部门主管曾志朗的大力推动下,目前已成为运动(或活动)。其实,"文建会"于1999年儿童节即宣布2000年为千禧儿童阅读年。为迎接儿童阅读年,本人于1999年7月受"文建会"委托,主持一项"台湾儿童阅读兴趣调查"。

为方便进行调查,研究以台湾地区设有属于三峡中小学学校教师研习会汉语科实验班的小学二至六年级学童为主体;由于一年级学童入学不久语文能力恐有不足,可能难以进行问卷调查,也就不列为研究对象。这些小学依所在地都市化程度分成:1. 台北县、市;2. 高雄市、台中市、台南市;3. 其他县市等三层别,采等几率抽样,最后实际各层别所抽人数有2 080人。其中除南投县埔里小学当时为灾区学校,所抽中的班级(计150个)无法回收外,其余均回收,完成1 794份有效样本。经分析与研究,于2000年2月出版《台湾地区儿童阅读兴趣调查研究》一书。

有关问卷调查,有"学童家拥有媒体与课余活动""儿童阅读状况""儿童阅读的兴趣"等三部分。

分析研究结果,我们的结论是:

1. 学童家中拥有的视听媒体(如电视机、录音机、录放机、电动游乐器、个人计算机),可说已相当普及。
2. 学童家中订阅报纸、杂志的比率偏低。
3. 学童每天所拥有可自由运用的课余时间,虽然120分钟以上的占最多(35.5%),但只有1~30分钟的也有22.1%。
4. 学童喜欢看课外书的比例应该说是不低,以看文字为主的阅读虽居第三位,但文学性读物则偏低。但真正实践看课外书超过一小时的比例则偏低。
5. 阅读课外书主要来源来自父母者偏高。
6. 课外书信息管道来自老师推荐者偏低。
7. 学童阅读场所以家中为主,且以自己一个人阅读为主。
8. 学童最喜欢的读物是笑话与漫画,比例高达四成,至于最喜欢诗者(含童诗、现代诗、古典诗),比例不到2%。

9. 学童所阅读的读物，选本土创作的比例46%，翻译37%，选改写的有28.7%。

建议是：

1. 对学童而言，主体性有待加强。
2. 对父母而言，可否放轻松些。
3. 对教师而言，可否稍加典范。
4. 对出版界而言，本土创作并不寂寞。
5. 对学术界而言，小说对学童的适切性值得探讨。

其实，有关儿童阅读，其重点在于有协助能力的大人，如父母、师长，尤其是观念的变革，以下从儿童文学阅读与儿童文学的魅力与价值等方面申论之。

本文书写方式采用后现代拼凑与组合的方式，其行文出处虽未能一一注明，但皆可见之于参考书目。

二、文学性阅读的意义

理解（understanding）、阐释（interpretation）和应用（application）是解释学的基本命题与范畴。而接受美学则同时从美学及文学批评的方法论角度，以理解、阐释与应用三个范畴为基础，来探讨在文学意义的建构中的不同层次、不同阶段和不同方式的阅读。

文学阅读可分成三个不同的层次：

一是"文学解读原理"，主要探讨文学解读的基本规律与读者反应论原理。包括文学解读的本质与特征、完形律法则、解读的开放性动态建构、解读心理过程及其思维机制、解读模式与方法学规律、解读能力的功能体现和内在结构、解读与文学特性等等。这个理论层次重在从宏观上勾画文学解读学原理的基本构成。二是"文本解读结构"，主要探讨文本解读的多重层次。从解读主体来说，实际上是阐释文本解读多种不同的视点和对这些视点对象的解构。它包括构成文本语体形态的秩序与节奏、语象世界的意象与境界、语义体系的内蕴发掘等等。这个理论层次重在从文学本体结构论上立体化地阐释文与质、表层与深层、文本的解读结构及其诠释规律。三是"文学文体解读",主要探讨文体解读中品类特征的审识和把握。包括散文解读论、诗歌解读论、小说解读论和戏剧解读论。这个理论层次重在从文体的艺术个性出发,阐述文学文体解读学原理和规律。以下拟从文学解读原理与结构的观点,略述其相关概念。

(一) 阅读:文学的本体存在

文学的阅读活动是整个文学过程中一个极为重要的构成部分或基本环节,是一切文学活动得以发挥的基础,我们可以说阅读即是文学的本体存在。

1. 阅读进入文学本体

文学的阅读是文学全过程的一个本体部分,从社会和历史的某种角度看,甚至是比创作更为重要的文学的实现过程。没有了阅读,任何"伟大"的作品也只能被历史淹没。因此,我以为,阅读必须进入文学本体,阅读原本即是文学本体的一部分,是文学的历史存在的方式。"文学源始于一种人类最基本的对话与交流。"人类需要互相交换、交流、交往、交谈、对话,人类需要互相表现、互相倾诉、互相抒发感情。这是人类由自然人向社会人转化的历史性进程。

阅读进入本体,是在肯定创作主体和文本作为文学本体的构成部分的前提下,将阅读主体视为同一本体的构成部分。作为同一过程中与创作环节相连接的阅读环节来进入文学本体。

接受美学要着力解决的是文学本质中审美性与历史性的视野融合,共时观与历时观的融合,历史性与社会性的视野融合;而这一切都是在重新肯定阅读——接受者的本体地位中展开的。

所以,在我们看来,阅读进入本体正深刻体现了文学本质的历史性。这种历史性不同于19世纪社会历史批评对社会背景、时代特点及现实、真实的关注,而是在一种历时性与共时性的交叉点上由阅读展现的更丰富的历史性。它包括文本与读者相互关系的历时性方面与同一时期的文学参照构架的共时性方面,二者相辅相成、相互影响,又相互构成。阅读中对于历史上同一作家、同一作品的理解、判断和评价,不同时代的读者的看法当然不尽相同,有时甚至存在很大差异。造成这种差异的原因,一方面是读者期待视野的变化;另一方面是由于作品本身在效果历史的背景上会呈现丰富的"语义潜能"。一部作品的意义潜能不会也不可能为某一时代读者或某一个别读者所穷尽,只有在不断延伸的接受之链中,才能逐渐由读者展开。而作品的历史意义也就在这一过程中得到确定。任何一个接受者都不可能具有一个外在于历史的立足点,似乎能超越前人及历史上阅读中的一切"错误",以逃脱效果史中历史意识自身的制约作用。历史上的独创性作品在其产生之初只是开辟了观察事物、形成新的审美经验的崭新方法,但它是历史距离上的新经验。随着历史的推移,历代读者的看法累积下来,进入读者视野,构成传统。这样,历史与现实、传统与当代之间就必然发生"视野融合"。这就是解释学的效果史原则,也是我们所讲的阅读的历史性的核心所在。

更为重要的是阅读进入本体,使文学的审美本质获得最终实现。文学的阅读是审美的过程,离开了审美的阅读,文学就失去了它之为文学的核心元素,就失去了实现其他功能的基础层面。

只有经过审美的阅读,文本中的全部艺术形式、结构、技巧、隐喻、象征、意蕴等才有可能被激活,获得生动的现实形态;才能在读者心中唤起审美情感、审美想象、审美观照,最终获得审美的愉悦。

需要说明的是,我所说的接受者或读者进入文学本体,不是指接受者或读者的全部社会生活进入文学。严格地说,我所说的读者进入本体,是指作为阅读主体的读者进入文学本体,而不包括他们的其他社会角色。

2. 过程作为本质

文学的本质只能在包括阅读在内的动态运作中展开、变化并彰显。在我们看来,文学作品的存在一般可分为物理的存在与语言的存在。物理的存在指它的外在物质形态,这是由纸张、印刷符号、封面、装订构成的物质实体。其语言的存在是指作品内在的语言形态。这一语言形态又包括作为作品文学的存在与作为意义的解释的存在。文学的存在指由作者写作固定下来的文本,而作为意义的解释的存在则有待于读者的建构,在一个动态的阅读过程中获得实现。

在我们看来,阅读正是文学本质展开和实现的过程,本质即在过程中,过程彰显了自己。文学作为一种动态的艺术,只能通过阅读获得实现。

3. 演奏或游戏:阅读的创造本性

"文学是通过阅读来演奏(play)文本的",这是当代西方批评界诸多批评家、理论家一致赞同的一个著名比喻。Play在这里有多重的意义,它既是文本的演奏,又是文本的游戏。

阅读被视作"演奏",这不是对这一比喻的共同偏爱,而是对阅读的再创造本质在认识上达成的共识。

首先,阅读是游戏。这是因为文本自身就是游戏,是种意指游戏,是能指的"撒播"和所指的"延搁"的游戏。而阅读中的读者本人则在做一种双重游戏：一方面，他像玩一场游戏那样做文本游戏，他遵守文本的游戏规则，实践着文本的再生产过程；另一方面，既然是游戏，就不能是对原有条件（如写在纸上的东西）的被动摹仿，这与文本的游戏规则是相悖的。这就引起了它的第二重意义：阅读是演奏。读者阅读文本，即是对文本这一总谱的演奏。在音乐史（这里是指音乐实践活动的历史）上，曾一度出现了多不胜数的音乐实践爱好者。于是在特定的阶层中，演奏和欣赏构成了一种几乎不可区别的活动。在这个阶段之后，出现了两种角色，一种是音乐的"解释者"，他的演奏被公众认为是完美地理解了作品，从而得到承认和推崇；另一种角色是些爱听音乐但不会演奏的音乐爱好者。音乐发展到今天，出现了一种新的实践活动，它要求那个具有演奏权的"解释者"在某种意义上成为一份总谱的共同作者，要他完成这一总谱，而不仅仅是"解释"它。这种新的音乐实际上已经瓦解了解释者的角色，把他变成了作曲者的一部分。巴尔特认为，文本就是一份广义的现代音乐总谱，它要求读者进行联合创作式的演奏（游戏）。Play 这个词所具有的双重意义（能指再生产和联合创作式的演奏），使文本的阅读剔除了作品阅读的那种消费性，从而使阅读成为一种创作实践、一种生产过程、一种活动。

这就显示了阅读的创造与作者的创造之间的区别。阅读的创造只能在文本给定的条件下自由展现，只能在文本的导引下驰骋想象；但同样，读者也有更大的选择余地，他可以选择那些最能实现他对象化的自由创造的文本对象。因而这种被动见于主动的特质，就只能是文本与读者相互溶浸、相互作用、相互制约又相辅相成的视野融合。（以上详见《文学解释学》，第146～165页）

（二）文本的基本结构——不确定性与空白

先哲云"书不尽言，言不尽意""只可意会，不可言传"，即是指所谓文本的意义不确定性与空白。

伊瑟尔认为，文学作品的文本所使用的语言是一种"具有审美价值的表现性语言"，它包含了许多"不确定性"与"空白"。认为这种不确定性与空白在文学作品的文本中的存在是不可避免的，并非作品的失误，而是文学文本的基本性质所决定的。它们在接受过程中有着不可低估的重要性，是沟通创作意识与接受意识的途径，是前者向后者转换的"桥梁"和"中间站"。不确定性和空白构成了文学文本的基本结构，这就是文本的所谓"召唤结构"。

文学作品的文本由于不确定性和空白的存在而产生一种"动力性"，吸引读者参与到文本所叙述的事件中去，并为他们提供理解和阐释的自由。在阅读活动中,读者必须赋予作品文本中的不确定性以确定的含义,填补文本中的空白,恢复被省略的逻辑联系,才能对文本所叙述的事件和环境、人物形象等,获得清晰、完整的印象并将之描绘得更加细致、生动。在此过程中,读者由于无法把作品所表现的世界与现实世界以及自身的经验完全对应起来,便不得不进一步做出反应,并主动地对二者进行反思。这时,文本才会产生各种不同的意义。伊瑟尔认为:不确定性与空白提供了将文本与自身经验以及世界观念联系起来的可能性,它们能够使文本适应完全不同的读者倾向。文学作品的特点恰恰在于,它具有某种独特的平衡作用,始终在现实世界、读者的经验世界和作品虚构的世界之间来回摆动。因此,每一次阅读者都是使文本的形象附着在产生于阅读过程中的意义之上的。

在阅读过程中,当读者下意识或无意识地填补文本中的不确定性与空白时,往往会面临各种可能性,而他必须在诸多可能性中作出选择。因此,阅读活动实质上是在不确定性与空白提供的可能填补方式中进行连续不断的选择的过程。作为"动力结构",不确定性和空白调动了读者的形象思维能力,动员了他的想象。阅读时,读者意识中会呈现出画面,这种画面是流动的,具有一定的连续性并体现出因果关系。

当然,伊瑟尔也指出:不确定性与空白并不是文本中不存在的、可以由读者根据个人需要任意填补的东西,而是文本的内在结构中通过某些描写方式省略掉的东西。它们虽然要由读者运用自己的经验和想象去填补,但填补的方式必须为文本自身的规定性所制约。在接受过程中,文本意向的规定性与它所包含的不确定性和空白之间有种相互调节、相互补充的辩证关系,前者约束着读者能动的想象力,使其不至于脱离文本的意向,而后者则激发着这种想象,使其得到充分发挥。只有当读者依照文本意向的指示充分展开想象,文本的潜在质量才能被发掘出来,它的意向也才能实现并被不同的读者以不同方式"华彩化"。因此,从这种意义上说,填补不确定性与空白的过程是一种"再创造"过程。

伊瑟尔确信,在提供足够的理解信息的前提下,一部文学作品的文本所包含的不确定性和空白愈多,读者便愈是能够深入地参与作品潜在意向的实现和意义的构成。倘若一部作品文本中的不确定性和空白太少,它就会面临使读者厌烦的危险。在阅读中读者将由于越来越多的确定性而被剥夺想象的自由,这无疑会使他们丧失阅读的兴趣。这样的作品决不能吸引读者,不能称为好的艺术作品,甚至不能称之为艺术作品。因此,文学作品文本中的不确定性和空白是产生作用的基本条件。看一部作品不应当仅看它说出了什么,而首先要看它没有说出什么。正是在一部作品意味深长的沉默中,在它的不确定性与空白中,蕴含着它的意义与审美潜能。作者切不可把作品的意向过于明确地表达出来,而应当在文本中为读者留下思考的余地和想象的空间,只有这样,阅读活动才会成为真正的享受。

在这里,伊瑟尔提出了一种新的衡量文学作品艺术质量的尺度。他要求作家艺术家充分估计接受者的理解和审美能力,在作品中为他们提供尽可能多的思维和想象的空间,吸引他们参与作品的艺术创造。其实,接受者愈是深入地介入作品,发挥他们的能动性和创造性,作品的创作意图就愈是能在阅读

过程中得到贯彻,作品对读者产生的影响、获得的社会效果和审美效果便愈是强烈。(以上详见《二十世纪西方文论研究》,第325~328页)

(三)潜在的读者

姚斯认为,文学的本质特征是作者、作品与读者之间的"对话关系",这种关系是文学赖以生存的基础,是文学的"人际交流性质"所决定的。早在作家进行创作构思时,接受活动便已开始,这时,作者必须为作品预先设计一种"接受的理想模式"。无论作者是否意识到或承认与否,这种"接受的准备过程"或"潜在阶段"是客观存在的。

伊瑟尔发展了姚斯的这一论点,并进一步提出了"潜在的读者"的理论。在文学作品的写作过程中,作者头脑里始终有一个潜在的读者;写作过程便是向这个潜在的读者叙述故事并与其对话的过程。因此,读者的作用已经蕴含在文本的结构之中。在此后出版的《潜在的读者》书中,他又解释道:"潜在的读者是指文本中预先被设计和规定的阅读的能动性,而不是可能存在的读者类型。"很明显,这里说的读者并不是某一个具体的、现实的读者,而是"为了作品的理解和审美现实化所必需的读者",亦即为读者所设计的作用。

伊瑟尔认为:"潜在的读者的概念是一种文本结构,它期待着一位接受者的出现,而不对他作必要的限定:这一概念预构了每一位接受者所要承当的

角色。"由此可见,"潜在的读者"的概念是一种"超验范围式",一种现象学的读者。在他看来,每一位作者在写作一部作品时,都会在文本的结构中设计接受者的作用,只不过不同的作者在不同的作品中为他们设计的作用大小和作用方式不同而已。读者作用的大小和方式取决于作品的意向深度和文本的确定性程度。一部作品愈是深刻,其意图愈是隐蔽,文本的不确定程度愈高,该作品意向的实现和意义的形成便愈是需要读者能动的参与;反之,如果一部作品的意向比较浅显,其文本的确定性程度较高,那么它的作者在文本的结构中为读者设计的能动作用便较小,读者在文本现实化和意义形成的过程中扮演的角色便比较被动。因此,作为一个概念的潜在的读者,牢牢地植根于文本的结构之中。它是一个思维的产物,决不与任何实际的读者等同。

当然,文本中设计的读者角色,即潜在读者的作用,只有在具体的读者对文本的阅读过程中才能实现。(以上详见《二十世纪西方文论研究》,第330~333页)

(四) 文学作品结构的召唤性

不确定性和空白构成了文学文本的基本结构,这就是文本的所谓"召唤结构"。

在西方接受美学中,唯有伊瑟尔首先提出和重视了文学文本的"召唤结构",并进行了多方面的论述。作品意义的"不确定性""空白""空缺""否定性"等有关"召唤性"的重要概念都是他在吸收英伽登观点基础上首先提出,并结合文学作品进行了具体分析。

那么,文学的召唤性的具体涵义是什么呢?按照伊瑟尔的观点,文学作品中存在着意义空白和不确定性,各语义单位之间存在着连接的"空缺",以及对读者习惯视界的否定会引起心理上的"空白",所有这些组成文学作品的否定性结构,成为激发、诱导读者进行创造性填补和想象性连接的基本驱本动力,这就是文学作品召唤性的含义。由于文学作品中存在许多不确定的因素与空白,读者在阅读时如不用想象将这些不确定因素确定化,将这些空白填补满,他的阅读活动就进行不下去,他就无法完成对作品的审美欣赏与"消费"。缺乏(空白、不确定)就是需要,就会诱发、激起创造的欲望,就会成为读者再创造的内在动力。所以,不确定性与空白便是文学作品具有召唤性的原因。

(五) 阅读的"前结构":审美经验的期待视野

根据发生认识论原理,读者进入阅读时,主体心理上已有一个既成的结构图式,这种图式,用海德格尔的话,叫作"前结构",用姚斯的术语,则叫"审美经验的期待视野"。

什么是"前结构"?在海德格尔看来,人的理解活动,是受制于它的"前理解"的。所谓"前理解",是指理解前已有但参与、制约着理解的一组结构因素,包括指示、预见、互通等,这些因素合成为一个"als(作为)……"的结构,作为理解发生的前提与预定指向。这个既成的心理图式就是理解的"前结构"。"前结构"由"前有""前识"和"前设"三方面构成。"前有"指预先有的文化习惯,"前识"是预先有的概念系统,"前设"即预先作出的假设,这三者结合成为理解活动赖以发生的"前结构"。

姚斯把"前结构"概念发展成"审美经验的期待视野"。前结构是指一般认识、理解活动而言的;文学阅读主要是审美鉴赏,属审美认识活动,所以就不是一般的"前结构",而是审美心理的前结构,具体表现为审美经验的期待视野。

姚斯的"审美经验的期待视野",就文学阅读而论,主要包含三个方面:(1)对文学作品某种类型和标准的熟识和掌握。如对小说或诗歌的特征、尺度、标准等已有一种经验性的把握,虽不一定讲得出一整套理论,但遇到作品便能分辨出该作品属于何种类型,是否符合该类型的基本要求等等,这样一种内在尺度作为读者阅读作品的"前理解"而起作用。(2)对文学史上或当代一些作品的熟识,包括它们的内容与形式,主题与风格等等,这种熟识也作为阅读经验积累在读者心中,形成他在阅读新作品时心理上与新作品的一种隐秘关系,他会不知不觉带着由过去作品所形成的阅读眼光来看新作品。(3)读者是在实践和现实中活动、生活的,他即使沉入阅读时也不可能全然抛弃对现实和实践的心理体验,这种体验也会成为一种参照信息而进入他的阅读视野的。读者有时就会把作品中的虚构世界与现实生活相比较,把文学语言同日常语言相对照。以上这三方面,是姚斯"审美经验的期待视野"的主要内容,它们是读者积累起来的,作为文学阅读的前理解和前结构而存在的文学经验与生活经验的总和。

三、阅读的十个幸福

《阅读的十个幸福》一书,是法国丹尼尔·贝纳(Daniel Pewnac)的新作中文翻译本。

作者有二十年的教学经验，他把学生在学校中可能会面对的问题集合起来，做了一番分析。他想为读者找回阅读的本质和乐趣，他一开始就呼吁——还给孩子们"听"书的乐趣，父母要懂得充实，他反对父母师长对孩子的集体压迫，让孩子对书本产生恐惧。他对于"拒绝书本"的"阅读低能儿"或迷失在"阅读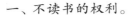丛林的访客"有深厚的同情，于是他提出他的教学理念，宣示了"关于阅读的十大权利"：

一、不读书的权利。
二、跳页阅读的权利。
三、不读完整本书的权利。
四、一读再读的权利。
五、什么都可读的权利。
六、包法利主义的权利。
七、到处都可阅读的权利。
八、攀爬页数的权利。
九、大声朗读的权利。
十、保持沉默的权利。

四、儿童文学的魅力与价值

儿童只要是喜欢而迷上的书，其他任何好玩的事物，都引诱不了他，一心喜爱着不放手。这种阅读的乐趣从何而来？

自小鼓励儿童们发展对阅读和文学的兴趣与态度是重要的，因为那将伴随他们终生。这样的态度可帮助儿童成为有才能的学生和有思想的成年人；更重要的是，文学将丰富儿童的生活，并帮他们寻找自身存在的意义。

文学满足许多需要，也传递许多价值观，而这些内容可能是无法直接区辨出来的。文学并不像电子游戏或是电视节目那么引人入胜,但它的确提供了某些与众不同的东西。

不论儿童或成年人,通常都需要有时间反省自己的经验。反省与思考能促成更深入的学习和理解。而书本能让人反复阅读,可以令人陶醉于有趣的、吸引人的或是重要的内容之中。这是其他媒介所无法达到的。例如,儿童第一次经历大雪、在雪中游戏的经验可能是很兴奋的。想让他深刻地保有这个记忆,拥有一个更富有意义的回忆,可以引导他读一读与雪相关的书,尤其是绘本。

在现当代的社会中,毫无疑问,儿童们有必要认识他们生活世界中的新科技,那将是他们生活中的一个重要部分。然而,书籍和文学也同样重要,也是他们生活中不可分割的一部分,一般说来,文学的价值是:

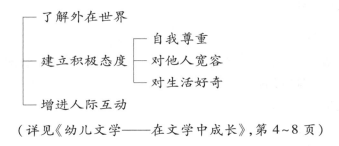

(详见《幼儿文学——在文学中成长》,第4~8页)

五、结　　语

个人认为阅读的本质是一种互动、一种休闲和游戏,更是一种终生的本能行为或习惯。

而所谓的儿童阅读,并非运动所能促成。对儿童而言,阅读是本能,是游戏,只要可以舞动、品尝、触摸、倾听、观察,并且感觉周遭的各种讯息,孩子们几乎没有任何学不会的事情。因此,儿童的阅读,其关键是在于有协助能力的大人。我们知道,每次阅读时,总是遵循着一定的循环历程。

其间的每一个环节都牵动着另一个结果,而这并不是由甲到丁这样的直接关系,而是一个周而复始的循环;所以开始正是结果,而结果又是另一个开始。艾登·钱伯斯于《打造儿童阅读环境》中,将其"阅读循环"图例如下:

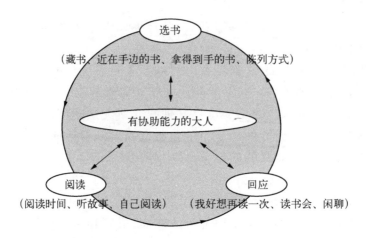

申言之,儿童阅读对父母与教师而言,个人看法如下:

(一) 三项基本认识

1. 重视阅读指导

自1996学年度第一学期(1996年8月)起台湾地区实施的小学课程标准中,已有"课外阅读",是以加强阅读指导乃是必然,亦是必须。

2. 从儿童文学作品切入

我们没有办法强迫儿童阅读他不喜欢的书。只有"乐趣"的儿童文学作品,才容易激发儿童禁不住要阅读的动机。

3. 亲子共读

不只是单篇短文的共读,更要迈向长篇且长时间的共读。

(二) 执行原则

在于"以身作则"与"认清对象"。只要师长有阅读习惯,并能提供阅读环境,自然会有喜欢阅读的儿童。同时,更当认清儿童阅读的需求;我们要明白成人感受的阅读乐趣,在性质上是跟儿童有所区别的。

我们相信孩子是上天赐给父母的恩宠,以孩子的心,以孩子的情,以宽广的爱去教育孩子,就是回馈上天礼物的最好表现。

父母、教师要懂得经营自己和经营环境,这是启发孩子良好性格的动力。

其实,经营的原则和方法,是建立在爱、尊重与肯定之上;更简单的是老生常谈的"以身作则"。

是以所谓的儿童阅读,即在于营造阅读的环境。在营造中以身作则,在营造中重视主体性与自主性。于是,所谓的儿童阅读有文化传承的共同记忆。

参 考 书 目

林满秋,马念慈. 孩子一生的阅读计划[M]. 台北:天卫文化图书有限公司,1993.

Ken Goodman. 谈阅读[M]. 洪月女译. 台北:心理出版有限公司,1998.

Perry Uodelman. 阅读儿童文学的乐趣[M]. 刘凤芯译. 台北:天卫文化图书有限公司,2000.

Terry Eagleton. 文学理论导读[M]. 吴新发译. 台北:书林出版有限公司,1993.

Walter Sawyer,Dian E. Cower. 幼儿文学——在文学中成长[M]. 墨高君译. 台北:扬智文化事业股份有限公司,1998.

丹尼尔·贝纳. 阅读的十个幸福[M]. 里维译. 台北:英属维尔京群岛商高宝台北国际有限公司台湾分公司,2001.

王卫平. 接受美学与中国现代文学[M]. 长春:吉林教育出版社,1994.

王耀辉. 文学文本解读[M]. 武汉:华中师范大学出版社,1999.

朱立元. 接受美学[M]. 上海:上海人民出版社,1989.

朱栋霖. 文学新思维(下卷)[M]. 南京:江苏教育出版社,1996.

艾登·钱伯斯. 打造儿童阅读环境[M]. 许慧贞译. 台北:天卫文化图书有限公司,2001.

艾登·钱伯斯. 说来听听——儿童阅读与讨论[M]. 蔡宜容译. 台北:天卫文化图书有限公司,2001.

李利安·H. 史密斯. 欢欣岁月[M]. 傅林统编译. 台北:富春文化事业股份有限公司,1999.

林文宝. 台湾儿童阅读兴趣调查研究. "行政院文化建设委员会",2000.

林文宝. 儿童文学故事体写作论[M]. 台北:财团法人毛毛虫儿童哲学基金会,1994.

金元浦. 文学解释学[M]. 长春:东北师范大学出版社,1997.

保罗·亚哲尔. 书·儿童·成人[M]. 傅林统译. 台北:富春文化事业股份有限公司,1998.

姚斯,霍拉勃. 接受美学与接受理论[M]. 周宁,金元浦译. 沈阳:辽宁人民出版社,1987.

姚斯. 审美经验与文学解释学[M]. 顾建光,顾静宇,张乐天译. 上海:上海译文出版社,1997.

曹明海.文学解读学导论[M].北京:人民文学出版社,1997.

郭宏安,章国锋,王逢振.二十世纪西方文论研究[M].北京:中国社会科学出版社,1997.

陈文忠.中国古典诗歌接受史研究[M].合肥:安徽大学出版社,1998.

刘安海,孙文宪.文学理论[M].武汉:华中师范大学出版社,1999.

龙协涛.文学读解与美的再创造[M].台北:时报文化出版企业有限公司,1993.

林文宝谈儿童阅读

幼儿与阅读

书对婴幼儿成长的重要性,是不可言喻的:

1. 感官能力的精进与敏锐。
2. 语言与认知。世界的扩展。
3. 亲密依附关系的建立。
4. 与书为友,亲子同心。

(《小小爱书人》第 16~19 页)

一、前　　言

(一) 婴幼儿文学、幼儿文学

(二) 幼儿

(三) 阅读

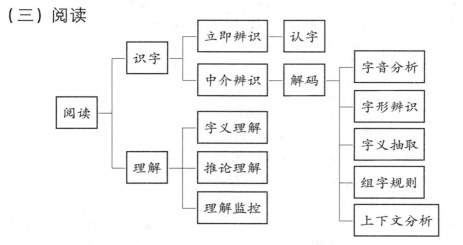

(《故事结构教学与分享阅读》,第 9 页)

(四) 安东尼·布朗《我爱书》

二、幼儿发展的需求

幼儿理想发展的六个基本要素:

（一）幼儿需要有安全感

所谓"安全感"，是指在心理上感觉自己与别人有"依附关系"，感觉自己有所属。"被爱"与"被需要"并不一定会使人产生安全感，安全感必须建立在被爱者感受到这份感情，感受到被需要，感受到自己很特别；而且这份爱还必须是适量的。请注意，重点是在儿童"感受到"被爱与被需要，而不是儿童被爱与被需要的事实。

从幼儿早期的发展过程来看，父母或幼教人员和蔼可亲的态度并不能使幼儿产生依附、有所系的感觉，只有当幼儿觉得不管自己"做"与"不做"都有人关心、在乎时，这种依附的关系才会产生。因为关心，这些人会抱他、安慰他，或者生气，甚至骂他、打他。安全感来自幼儿相信大人对自己有一种真诚而且强烈的反应，而不是空心的温和。

（二）幼儿需要适度的自我肯定

适度的自我肯定是所有幼儿都需要的。不论是贫或富、在学校或家里、残障或正常、年幼或年长，不论性别、种族、族群或国籍，每一位幼儿都需要有适度的自我肯定，但不是过度的自我膨胀。

人类并不是在幼年时一夕之间忽然就获得自我肯定，然后一辈子受用不尽。自我肯定也不是凭空发展出来的，它是在人类成长过程中，由他人（对自己有特别意义的人，例如：父母、兄弟姊妹、其他幼儿或成人）与自己的行为反应产生互动而发展出来的。换句话说，个人在成长的过程中，会从家庭、邻居、同乡、同学、小区及社会习得一些行为的准则，而逐渐发展出自己行事的准则，而人的自我肯定是个人以这些准则评量自己所得的结果。

但是，个人用来衡量自己的行为"是否被接受""是否值得"或是衡量自己"是不是为人所爱"的标准则随家庭而异。有的家庭以外貌美丽作为受人喜欢、受人重视的标准；有的家庭则重视个人的整洁；还有的家庭重视运动能力或抗压能力。其他例如高雅的姿态、口若悬河的本领、害羞安静的气质，或谦恭有礼、成绩优良等都有可能被用来当作衡量幼儿是否可爱、是否被接受、是否有价值的标准。

当然每个家庭有权为自己的孩子建立一些标准，不过，这些标准与随之而来的衡量常常是不自觉或无意识的情况下产生的。幼儿园的老师应察觉并尊重每个家庭的标准，即使老师并不赞同此标准，也不应表示出轻视的态度或加以诋毁，因为实在很难想象诋毁或轻视幼儿从小信从的家庭标准能帮助幼儿自尊或自我肯定的发展。但是我们同时也必须要协助幼儿习得一些幼儿园的标准，以维护所有幼儿的福祉。

（三）幼儿需要体会生命的价值与意义

每个幼儿都需要感受到生命是值得活的、是令人满意的、是有趣的、是真实的。我们需要让幼儿从事对他们而言，具真实性、有意义、能吸引他们，并且让他们专注的活动与互动。现代工业化社会常提供幼儿一些表面而肤浅、片断、琐碎的环境与经验，这些经验有其潜在的危险性，我们也应该抗拒提供一些娱乐性、让幼儿高兴、兴奋的活动。因此，幼教人员所提供的活动或选择的活动应符合下面两项标准：

1. 能提供幼儿机会运作操弄自己的经验，重建自己的环境。
2. 能提供成人机会协助幼儿了解他们所经历事物的意义。

目前，很多幼教人员把幼儿教育所提倡的"温暖、友善、接纳、关爱"误解为"对待幼儿好一点"。

在幼儿成长的过程中，不论是在幼儿园，或是在家里，幼儿都需要感受到生命真实、美满而值得。

（四）幼儿需要成人协助他们理解生活经验

每位幼儿在初入园时，都或多或少经历过一些事物，对事物有一些了解。他们所建构的看法或了解可能是不正确的，但是，从发展的角度来看，这种错误却是正常的。幼教人员的主要责任便在于协助幼儿改进、延伸、修正、开展及加深他对周遭世界的了解或建构。等到儿童进入小学，小学的教育人员便应协助他去了解远距离时空的人的经验。了解的增进与修正应该是终其一生不断进行的。

幼儿需要了解什么？首先是人。有关人的一切都是幼儿应该了解的，例如人所做的事、为什么做这些事、人的感觉、有关自己和周遭的事物、自己还有其他生物是如何成长的、人及物从何而来等等，其内容似乎永无止境。

如果幼教人员想协助幼儿增进及修正他对经验的理解，必须先发掘（uncover）幼儿对原有经验的了解。我们可以提供幼儿一些活动，从中去发掘及了解幼儿的看法，这份了解能够协助我们决定课程下一步所要涵盖的内容及活动。

（五）幼儿需要与有"权威"的成人一起成长学习

成人（父母或教育人员）的"权威"（authority）是建立在拥有丰富的经验、知识与智能上，而不是来自独裁或溺爱。独裁（authoritarian）是指一种权力的运用,态度既不温和,也不给予鼓励或说明,一味要求别人服从自己的命令。姑息或溺爱(permissive)则是放弃成人的权威与权力,只要孩子需要,给予幼儿所需的温暖、鼓励与支持。

"独裁"及"溺爱"是人类态度上的两个极端,都不是成人所应采取的态度。成人的态度应该是"民主权威"的(authoritative),也就是以关怀、支持的态度来运用其对幼儿的"权力",向幼儿充分说明为何设置某些限制,并且尊重幼儿的意见、感觉及想法。

尊重别人的意见不是大问题,但是,要尊重与自己相反或令自己困扰的意见才是智慧,才是真正的专业。

（六）幼儿需要有成人或兄姊作为学习的榜样

每一位老师心中或多或少都有一些希望幼儿养成的人格特质。也许每个人所认定的人格特质不尽相同,但是,大致上,有些人格特质是大家所一致期待的,例如关心别人、诚实、亲切、接纳与自己不同的人、爱好学习等。然而在老师期望幼儿表现这些人格特质前,似乎应该先检视一下,在幼儿的身边有多少具这些人格特质的成人或儿童,可以作为幼儿观察、学习、模仿的榜样;又有多少人虽然外表光鲜亮丽,非常吸引人,但是却具备不良的人格特质。

目前的社会到处充斥着暴力及犯罪,这些不良的人格特质或经由幼儿亲眼目睹,或经由传播媒介宣传,极易成为幼儿学习的对象。社会与幼教人员必须采取必要措施,保护幼儿免于过度暴露在不良的环境中,学习不良的行为,尤其当幼儿人格正在形成的时期。

幼儿需要与愿意坚持立场的成人相处并建立良好的关系。在当前社会一步步走向多元化、多重文化交流和小区参与时,专业人员似乎逐渐对自己的专业价值及立场产生犹豫并感到羞惭,不敢确定什么是对的,是值得做的。结果反而不能给予幼儿确切的讯息,到底什么是值得知道的,什么是值得做的,什么是值得期待的。

幼教人员及有关人员(家长、小区工作人员、行政单位人员)应该了解,坚定自己的立场并不表示必须强迫幼儿接受或同意老师的价值观及看法,也不是排斥别人的看法及立场(事实上,我们强调必须培养接受并尊重他人价值观的气量)。幼教人员如能坚定自己的立场,幼儿便会认为我们是有思想、能关爱的人,而我们也可以有足够的自尊与自我肯定来执行我们的价值观,同时也让幼儿明确了解我们的价值观。

(见《与幼教大师对谈》,第21~26页。中文简体字版译为《与幼儿教师对话》)

三、父母与老师

父母与老师角色本质的差异:

角色本质	父母	老师
1. 功能范围	全面,无限度	特定,有限度
2. 关爱程度	强	弱
3. 依附程度	适度依附	适度疏离
4. 理性	适度非理性	适度理性
5. 自发性	适度自发性	适度目的性
6. 偏爱性	偏心	公平
7. 责任范围	个人	团体

(见《与幼教大师对谈》,第186页)

老师与父母的职责有很多地方相同,这是因为幼儿本来就需要从老师那里得到如父母般的照顾和关怀,而且也需要父母帮助他们吸收、学习各种重要的知识与技能。虽然老师与家长在角色功能上有重叠之处,但是,本质却不相同。本文将以下列七个层面来探讨父母与老师角色在本质上的不同。为了讨论方便,本文刻意扩大父母与老师的差异,事实上,没有哪一个角色是纯然如本文所描述的。另外,读者也要了解,虽然父母或老师的角色是由各层面相互作用而形成,本文仍将各层面分开讨论,以凸显每一个层面所可能带来的问题。

（一）功能范围

葛契尔（Getzels，1974）在讨论家庭与学校功能差异的问题时，曾提出家庭与学校至少在两方面无法相互连贯：一是范围，一是情感。

在范围方面，葛契尔指出，家庭的功能范围是全面而无限度的，学校方面则是特定而有限度的。家庭的功能应全面包括家里所有的责任、义务、关系等。换句话说，凡是与幼儿有关的都属于父母"分内的事"，因此子女生活的每一部分都属家长的权责范围。但是，在学校里，老师与儿童的关系不论是在范围、功能或内涵上都是特定而有限度的，限于一些特殊界定、非属私人性质的领域。

同样的，扭森（Newson & Newson，1976）指出，社会对父母角色的要求有别于老师、护士及其他行业的人员。首先，家长养育子女没有固定的工作时间，尤其是学龄前幼儿的父母根本就没有"下班时间"，是全天候的。赫斯（Hess，1980）也指出，亲子关系与师生关系的不同在于亲子关系是直接而亲密的，不仅有爱与支持，也有愤怒与管教。

当孩子的年龄愈大，老师与父母在功能上，区隔愈清楚。但是，在学前及小学教育阶段，两者之间的区隔并不明显，因为儿童年纪小，不够成熟，不论在家里或在学校，都需要大人负起比较全面的责任，因此，很容易引起父母与老师角色的混淆。但是，要求或期望幼儿老师或小学老师负起如父母般全面性的功能，将会使角色混淆的情况更为恶化。

（二）关爱程度

关爱行为的强弱与次数的多寡可作为区分老师与父母角色的另一项标准。一般而言，父母对幼儿表现关爱行为的次数要比老师来得频繁，而程度上也比较强烈。

许多父母及老师往往不清楚自己的角色，不但容易引起别人的误解，也带给自己不少痛苦。有些家长将教导子女学业技能视为自己的责任，造成亲子关系的紧张，甚至破坏亲子关系。例如，曾经有位母亲因为孩子有学习障碍的问题，就参加一项"家庭式辅导计划"，学习在家里亲自教导及训练孩子专业技能。结果，她却因为时时担心孩子不能达成既定的目标而变得非常焦虑和紧张；又因过度注重学习成果，一旦孩子跟不上进度，就显得失望又焦虑。而她这种情绪也传递给了孩子，使得孩子也跟着紧张，甚至发生抗拒行为。孩子一旦紧张或反抗，学习成效就更差，因此使得母亲更为失望、焦虑。如此周而复始的恶性循环,使得亲子关系逐渐恶化。最后,她只有要求停止由自己扮演"教导"的角色,回到"母亲"的角色,专心做孩子生活中一位温情、了解与支持的大人,而让辅导人员教导她的孩子。

由此可知,情感关系密切的人并不适合兼负教导的角色,这种现象就像教朋友或亲戚开车一样。一般而言,教陌生人开车时,要比教与自己关系亲密的人有耐心得多了!教自己人开车时,因为两者之间的亲密关系,往往会增加双方的焦虑与压力,造成彼此的情绪负担。

(三) 依附程度

"依附"(attachment)一词常见于与儿童学习及教养有关的文献报告中,唯其定义却很难下。以往"依附"的解释多着重于幼儿对父母或对照顾人员单方面的依附感,而且强调关系中好的一面,忽略了大人其实也对儿童存有依附感,这种依附感也可能包括愤怒、恐惧等负面的感受。本文所要强调的是,依附是一种成人与儿童间相互的双向关系,任何一方的行为与情感反应都可以引发另一方的强烈感受与反应,凡是焦虑、惧怕、愤怒、警觉、骄傲、喜悦或温柔、关爱等都包括在亲子的依附关系内。因此"依附感"的相反词并不是"拒绝"或"生气",而是疏离(detachment)。

父母与子女应维持适度的、相互的依附关系,依附不足会危害亲子关系的良好发展,而过度的依附又会令人有窒息和想逃的感觉。老师与儿童则应维持适度的"疏离"关系。"疏离"一词不仅是用来与"依附"对照,也表示教育人员可以有意识且刻意地与服务对象保持适度的距离。因为凡是无法与学生保持适度距离而与学生维持过度亲密关系的老师,很容易陷入"情感衰竭"的困境,丧失感应的能力;同样的,如果老师与学生间过度疏离,也会减低老师对学生行为的反应能力,同样无法达成良好的教学效果。

马斯拉契(Maslach)与派恩斯(Pines)曾指出:"凡是与他人长期保持强烈而亲密关系的人注定会受到强烈的感情折磨",防范之道,只有采取疏离措施,即"对服务的对象采取比较客观公平的方法,那么在做必要的会谈、测验或运作时,就不会引起自己心理上的不适"。马氏及派氏将这种现象称之为"疏离式关怀"(detached concern),蕴含了矛盾的含义:疏离是为了对方好。

幼儿园的老师因为必须一年又一年地与依赖极强的幼儿相处,在其教学生涯中似乎永无"解脱"之日,不像家长虽然与幼儿间有强烈的依附感,但是,这种情感负担的压力,等孩子长大后自然就消失。因此,老师为了保护自己与学生,必须维持一份适当、足以稳定老师情感及促使老师正常执行角色功能的

"疏离式关怀",以免情感负荷过重而衰竭。

适度的疏离还有另一项好处,就是老师可以客观据实地评量学生的学习与发展情况。

(四)理性

父母对子女养育态度应该保持"适度的非理性",因为无论是"过度理性"或"过度非理性"都会戕害幼儿的发展。过度理性会让子女认为爸爸、妈妈太冷酷、不慈爱,容易引起幼儿种种的情绪困扰。相反的,"过度非理性"则使得幼儿难以预测人际关系,常引发幼儿一连串的行为问题。

适度的非理性并不意味着混乱、慌张或漫不经心,而是强调大人出自内心强烈而深入的"自我涉入"(ego-involvement),有点像是用"心"来做事。其实很多文献也都提醒老师在工作及专业中不要忘记带一份"心"!举例来说,如果一位母亲自认没有尽到当妈妈的责任,对子女的教养完全失败,那么终其一生她可能都会存有强烈而痛苦的罪恶感、无力感以及懊悔等,这是因为她对子女的发展存有一份"长久而非理性的涉入",执着地认为子女成长与发展的好坏是自己的责任。而老师便没有这份"非理性的自我涉入",即使认为自己教学失败,也可以辞职或换个工作,原有的一些罪恶感、挫折感或沮丧也许会在几个月内消失殆尽。

(五)自发性

父母对子女的态度应该是适度的自发。目前已有很多亲职教育的活动及方案太着重理性的分析,过度鼓励父母采取理智的态度,结果可能会使父母产生一种"分析麻痹症",无法自信地处理子女的行为,反而有碍亲子关系的发展。

以理性的态度或科学化的步骤,一步步响应子女的行为,在刚开始时也许效果很好,但是,却无法长久维持。因为父母与子女的关系原本就是以情感为主,互有一份依附感,这条感情的线,使得父母无法绝对理性地处理儿童的行为即情感反应。如果父母一味地保持冷静与理性的态度,事事讲道理,也许反倒会被子女或旁人认为漠不关心或缺乏爱心。

由于父母的行为是自发的,因此父母的行为可能每天都有变化,幼儿可以从这些变化与前后不同的行为中形成假设、测试、验证,以了解生活中各种经验的意义。事实上,自发性的价值或许可以用游戏(play)来说明:游戏对幼儿之所以具有高度价值,就是因为游戏有自发、随意及变化的特性,这些特性衍生了许多让幼儿可以运作、探索的数据,转成有意义的心智内涵(如概念、基模)。父母提供子女观看自发行为变化的机会,又协助子女从中做出逻辑推理、衍生意义,这可能才是"父母是孩子最佳的老师"所蕴涵的意思呢!

相反的,老师的态度应力求适度的"目的性"。如果也要求老师讲求自发性,老师就必须等待"教育时机"自然出现而随机教学。这样的话,老师可能会认为自己在混而不专业,反而强化了角色的混淆。所谓的教学指的是,"为获得某种特定的观念和技能而预先设定、规划的学习刺激"。因此大部分的教学活动应该是事先思考、决定的,以达成教学的目标,并能响应家长与幼儿的需求(不过,随着训练与经验的增进,老师有目的的行为也会添上一些自发的质量)。

由上面的定义可以看出,教学乃至将外界多样而复杂的行为及刺激的范围缩小,将特定的数据及刺激提供给幼儿,使幼儿能在范围内集中心力,发挥最大的学习效能。但是,如果老师在缩小刺激范围的过程中,未能顾及幼儿的个别需求,或所提供的变化及选择的机会过于浓缩,很可能会使幼儿产生挫败感或无力感,反而降低幼儿对教学的接受度。但是,幼儿园应该提供什么样的变化、刺激与讯息数据给幼儿,却一直是幼教界深感困扰的问题,迄今也还没有一个定论。

或许我们可以说"目的性"是区分亲职与教职、区分养育与教育的最佳重点。但是,这不是说父母都没有目的性,而是说比起老师,父母的目的比较不特定,可能也比较不清楚(对父母自己及对别人而言)。此外,父母的目的也比较富有全面性、偏爱性及非正式性。有关目的性的程度及特定性方面的研究,应该可以帮助我们深入了解父母或老师之间的角色差异。

虽然幼教专家常提及,除了正式的学校课程外,幼儿还会从潜在课程及偶发、未经规划、未预期的事件中学习,但是,这种学习总是靠运气,是不可预期的。理论上,专业训练的目的就是要让老师的教学方法所引发的结果能与预期的目的相吻合。因此,老师在教学上应尽量缩小自发或随机性的活动与刺激,而提高有规划、有预期目的的刺激活动,以确定幼儿学习的内容与成果。

(六)偏爱性

一般说来,每个孩子都是父母眼中最特别的人。为人父母者不只期望子女与其他人表现一样,更期望子女出类拔萃。就像格林(Green, 1983)所言:父母的目标是"尽其所能地去寻求好的东西,不只对所有幼儿都好,还要对自己的子女最好的"。可见,一般父母都偏爱自己的子女,把子女的需求放在第一,还会到处夸扬子女的特点与才气。

相反的，老师对幼儿的态度则应力求公平、一视同仁，将自己的才智平均分配给每位幼儿（不管幼儿喜不喜欢）。因此，当父母基于偏爱的心理要求老师提供自己子女特别的照顾或给予特别权利时，老师有义务拒绝这种"特权"的要求。事实上，就是因为老师能将自己在教学上的专业知能用在自己并不特别喜欢的儿童上，老师才算是真正的专业人员。

（七）责任范围

幼儿教育一向强调要满足幼儿的"个别"需求，乍看之下，似乎是期待老师专注于个别儿童的需求，这不就与父母偏爱子女，只考虑自己子女利益的角色相混淆了吗？但是，事实上并不尽然！父母有保护子女在文化与种族方面独特性的权利，也有权据此要求老师为子女做些适度的考虑或特别的安排。但是，老师不仅要顾及团体中的个别幼儿，也要兼顾团体的需求。身为一位专业教师，必须在幼儿的个别需求与团体纪律中求得平衡，何况幼儿也唯有经由服从团体纪律的过程，才能学习到行为规范和对成就抱以合理的期望，以及控制情绪等多方面的事情。

（见《与幼教大师对谈》，第 185～197 页）

四、学习的意义

（一）"学习单位"四步骤：M+ABC

行为、学习和情绪上出现状况的孩子，大多是因为父母给予"学习单位"（learn unit）不足，使孩子无法具备应有的能力，最后导致学习缓慢、行为偏差，或情绪难以控制等问题。"学习单位"是由动机（Motivation，简称 M）、前因（Antecedent，简称 A）、行为（Behavior，简称 B）、结果（Consequence，简称 C）四个部分所构成。以实际例子来说，当孩子想要玩拼图时——这就是动机；妈妈拿出拼图给孩子，并且说："我们在这个桌上玩拼图。"——这就是前因；孩子玩拼图——这就是行为；孩子完成拼图，妈妈鼓励孩子："你可以自己拼完，好厉害喔！"——这就是结果。

由这个例子可以看出"学习单位"是一个由四种步骤所组成的行为（M+ABC），也是生活中随时随地都可以运用的方法。"随时随地"指的是从吃饭、睡觉、洗澡、玩游戏这样的小事，到数字、字母等认知学习，也就是日常生活中给予孩子的所有互动，都要尽量多运用"学习单位"四步骤。数量多而完整的

"学习单位",将使孩子拥有良好的能力。

"学习单位"的每个部分环环相扣,"动机"影响后面的 A、B、C 三步骤。同样的,"结果"也会反过来影响"动机"。以拼图为例,当孩子拼不好时,父母如果出现不耐烦或责备的语气,孩子便会产生挫折感,失去玩拼图的动机。因此,"学习单位"的每一个阶段,希望父母都能适切地使用,以免造成反效果。父母熟练运用"学习单位",在教养孩子时,将可以更轻松顺利。

M "动机"

任何学习和行为的背后都要有动机,孩子才会有意愿和兴趣,学习才能有效果。而动机从哪里来呢?孩子最在乎的就是父母的注意和肯定,当孩子的行为受到赞美,会逐渐产生自发性的学习与探索,这就是动机。

动机是一切学习的基础,需要长期的累积和营造。当孩子对某件事产生动机时,父母一定要持续给予支持和鼓励,让孩子的动机得以不断地延续下去。

在 M 阶段,重点是营造、鼓励、赞美、肯定。

A "前因"

"前因"包括"行为之前所发生的事""引起或刺激行为的事件"及"明确的指示"。"前因"可以是语言,也可以是动作或事件。如果是语言,就必须很明确,父母与孩子互动时,给孩子的指令要明确,并事先把规则建立清楚,让孩子明白。譬如,孩子要求听睡前故事,但是经常一个故事听完了,还要听另一个,这时父母应该事先就和孩子沟通清楚,"今天只讲一个故事,因为已经很晚了"。并且坚持原则,不妥协。

此外,也必须考虑孩子的年龄与行为能力,尽量不要给予太复杂的指示。譬如,"宝贝,去帮妈妈把房间床上的衣服拿到浴室给爸爸"。年龄太小很可能拿到衣服,就忘了下一步要做什么,如果能把指令拆成两个或三个,就会更恰当。父母应留意指令是否符合孩子的发展阶段,否则容易造成孩子的挫折感,我们可以从单一的指令开始,等孩子理解并顺利完成指示之后,再慢慢加入更多的指示。在这个阶段,要避免过度重复,父母只要清楚明确地讲一次就够了。

在 A 阶段,重点是清楚、明确、不复杂、只说一次。

B "行为"

接下来就要给孩子机会和时间,让他去完成该做的事。父母这时要更有耐心，多给孩子一点时间，让孩子独立操作，或说出自己的想法。许多孩子缺乏独立学习的机会，归因于父母的急躁。我看过一些父母无法忍受孩子吃饭太慢，便动手喂的；不耐烦孩子边走边玩，干脆抱的；嫌孩子衣服折不好，索性妈妈自己来。

父母不要心急，让孩子有充裕的时间说出自己的想法和需求，有足够的机会做出自己的反应是很重要的。

在 B 阶段，重点是观察、聆听、耐心。

C "结果"

"结果"是父母对孩子行为的回馈。"结果"包括两种：其一，当孩子的行为恰当，父母应该即刻给予"正面回馈"，也就是给孩子赞美和肯定。其二，当孩子不听话、做错，或对父母的指示没有反应，父母应即刻给予"纠正"，或示范正确的做法给孩子看，并让孩子亲自执行一次，才能从中学习。

有研究显示，当父母恰当地执行"结果"，可增加孩子这类行为的次数。

鼓励与赞美具有神奇的效果，却经常被忽略。当孩子的言行正确，或顺利完成交付的任务时，一定要很快地给予正面的肯定与赞美。

除此之外，更常困扰父母的情况是，孩子对父母的指示完全没有反应、不理会，或者无法完成，甚至做错。此时，有些父母会开始重复 A 阶段，一直念叨，也有些父母会责备或处罚。其实，比较有效的方法应该是"纠正"。譬如，孩子对"把玩具收一收"没反应，父母可以带着孩子一起做："来！妈妈教你，我们一起把积木放进桶子里。"在纠正时，要特别注意不要表现出严厉的口气、负面的情绪，或不好的脸色，因为即使是一点点的小皱眉，或轻微的责备口气，都可能在孩子细腻的心中产生挫折和恐惧，对孩子造成不好的学习经验，进而影响学习动机。

父母的称赞与正面的亲子互动，会让孩子的心智、情绪与安全感稳定发展，也会让孩子有成就感，有自发学习的动机，然后形成正面的循环。

在 C 阶段，重点是立即、纠正、正面回馈。

如果"学习单位"的每个步骤都很完整，孩子却有学习问题时，父母应该回头检视 M、A 和 C 各阶段——是否缺乏动机，孩子没有兴趣？指示不明确或太困难，孩子无法理解？或者回馈不明确，让孩子产生挫折，不想学习？父母没有给予适时的纠正与示范，孩子无所适从？

当我们重新分析 M、A 和 C，适当做出调整后，如果孩子的问题仍然没有改善，我们可以就问题背后，探讨孩子的学习历史。例如，"为什么孩子不喜学英文?"他是否对英文有不好的学习经验?或没有得到适当的回馈,缺乏学习动机?我经常辅导父母探索孩子的学习经验,找出问题症结,加以改善。

每天反复练习"学习单位",孩子的学习动机将可逐渐建立,各种能力也会全面提升。同时,父母也可以透过这套方法的辅助,使教养孩子的过程更轻松愉快。

(见《关键七招,孩子真好教》,第17~25页)

(二)学习的要素

学习的三个维度,即内容、动机和互动维度,前两者是与个体的获得过程相关的,后者与个体和环境间的互动过程相关。

我们可以看到一个周围架构了学习三角。这表示学习总是发生在一个外部的社会性情境中,这个情境在一般情况下,对于学习可能是有决定性意义的。

内容维度是关于我们学习什么的。我将使用知识、理解和技能作为符号性词汇,这是基于充分知晓这些单词只是学习内容中一些最重要的元素来说,而不是一种彻底的无遗漏的描述。

动机维度,它涵盖了动力、情绪和意志——这是我在这一维度中使用的三

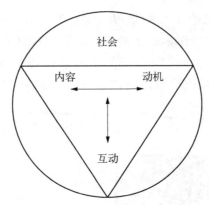

学习的三个维度（见《我们如何学习》，第 26 页）

个符号性词汇。

最后，学习还有互动维度，它关系的是个体与其所处社会性及物质性环境之间的互动。这个维度上选择的符号性词汇是活动、对话和合作。

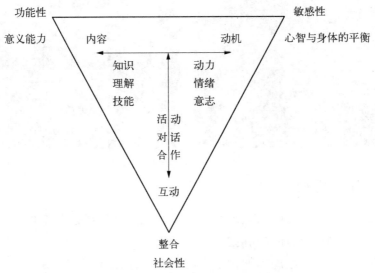

作为能力发展的学习（见《我们如何学习》，第 29 页）

（三）大脑的基础建设

"联结能力"

简单地说，"联结能力"就是"举一反三""触类旁通"的能力。"联结能力"如同一个国家的基础建设:自来水管埋设好了,平坦的马路开通了,电缆线牵好了,那么水龙头打开自然会有水,开关按下自然会有电,马路上要骑自行车或开跑车也都没问题。孩子的"联结能力"建立完善,学什么都快。具备"联结能力"的孩子敏锐而灵活,创造力丰富,学习效果好。"联结能力"的建立不必然只在课堂上,只要知道方法,生活就是最好的学习场域,父母就是最好的老师。相反的,一个缺乏"联结能力"的孩子,学习任何事物都会事倍功半,并造成自信心低落、学习动机缺乏等负面循环。"联结能力"不足会使孩子的学习无法全面,甚至出现学习经验的断裂。

剪掉多余的神经元

所谓的智慧或认知能力,是大脑发育和后天经验交互作用的产物,这两者都是愈早期的影响愈强烈。婴儿的脑在满一岁以前,会增加到出生时的三倍,到进幼儿园时完全长成;而五到十一岁是神经作业速度进步最快的时期,因为后天经验会影响神经之间的连接和突触的形成。

人类出生时大脑细胞的数量,远超过以后要用的(我们的神经元有十兆个之多),大脑是全身最大的能源消耗者,虽然只占体重的2%,却用掉20%的能量,因此,大脑必须把多余的神经元修剪掉,以节省能源。修剪的原则是看这个神经元有没有跟别人连接,是否是神经回路的一页。一个落单的神经元是很容易被修剪掉的,就像一个落单的动物容易被敌人吃掉一样。童年的经验之所以重要,就是因为可以帮助神经元不被修剪掉。

大脑先生出很多神经元再慢慢修剪,而不一次生出刚好的数量,最主要的原因是大脑需要弹性。

大脑在四五岁时做最大幅度的修剪,这从儿童大脑葡萄糖的代谢上可以看出来。四岁孩子葡萄糖的消耗量是成人的两倍,这条曲线是从一出生就直线上升到四岁,然后下降,到九岁左右降至成人的程度。因此童年期的经验对神经突触的修剪非常重要,对以后认知的发展影响很大。(见《欢乐学习,理所当然》,第60~61页)

多元范例学习法

"联结能力"影响孩子的学习成效十分明显。孩子学习时,如果只用单一的方式学习,就无法建立"联结能力",容易造成孩子的学习无法灵活应用。因此,最近几年,国内的教育研究机构逐渐发展出一套完整的学习方法,能有效培养孩子的"联结能力"。这套学习方法我们称之为"多元范例学习法"。

"多元范例学习法"是全方位、多面性的学习。孩子的学习应该眼、耳、手、口并用,看得见、听得到、摸得着、说得出,并且将学习与生活紧密结合,尽可能提供多种呈现与互动的方式。简单地说,就是随时运用周遭的事物,以不同的角度或方式加以灵活练习。

我们归纳出"多元范例学习法"的两个重点:"三多"与"四能",让父母在运用时,有个依循的方向。

"三多"指的是范例的数量多、种类多、方式多。"数量多""种类多"指的是准备不同数量和种类的范例(至少三样),提供孩子辨识;"方式多"指的是学习方式要多变化(至少三种)。

1. 数量多、种类多

举例来说,我们教导孩子认识"圆形"时,除了看着书上所画的圆形外,还要引导孩子在生活中寻找各种"圆形"的东西。

"数量多""种类多"的用意在于使孩子能将单一概念,灵活运用在稍有变化的同一概念上。避免孩子认得书上所画的圆形,却无法辨识铜板也是圆形,盘子也是圆形……

2. 方式多

接着,让孩子动动手,不论是分类、剪贴、画画、美劳、连连看等,运用各种不同的方式来认识圆形。

"方式多"的用意是使孩子更进一步将单一概念立体化。孩子除了可以辨识不同的圆形外,也能灵活地将各种圆形重组、分类、配对,甚至能够自己动手创造出圆形。

结合了"三多"的学习过程,经过多样化与生活化的练习之后,孩子的"联结能力"便能够建立起来,久而久之,孩子的学习力将可逐渐增强。

"四能"指的是能说、能回答、能指出、能配对。

"四能"是一项基本的检示功能,父母可以针对不同的学习内容,稍微调整"四能"的内容。譬如,在孩子年纪还小的时候,我们只要孩子做到能听、能说、能做即可。而大一点的孩子学习单字时,我们也可以把"四能"转化成能听、能写、能说、能读。总之,当我们教导孩子学习时,要尽量兼顾用眼、用耳、用手、用口。父母只要掌握孩子是否充分运用到眼、耳、手、口来学习,就几乎能掌握学习的多面性。

融合"三多"与"四能",乐在学习。

在"乐在学习"中,大脑正在分泌一种"多巴胺"。所谓"多巴胺"是一种神经传导物质,被认为是导致"快感"的脑内物质。也就是说,当多巴胺分泌量

愈多,人类就能感受到愈强烈的快感与喜悦。(见《关键七招,孩子真好教》,第41~49页)

下图为多巴胺释放示意图。(事实上,多巴胺是经由前额叶为主的特定循环来释放)

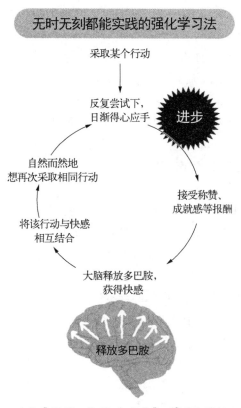

(见《用脑,要用对方法》,第25页)

五、Bookstart

(一)英国

1992年,由英国公益组织"图书信托基金"(Book Trust)发起的Bookstart运动,系全世界第一项专门为婴幼儿量身打造的大规模赠书活动;顾名思义,

Bookstart 一字结合书籍（Book）及开始（Start）两项意涵，通过免费赠书给育有婴幼儿的家庭，提倡鼓吹婴幼儿及早接触书籍，拥有快乐温馨的早期阅读经验。

1992 年的英国，担任中学校长的 Wendy Cooling 被邀请参加一所小学的开学典礼。大部分的孩子都拿着老师之前发的绘本阅读，但却有一个 5 岁的孩子看起来相当困惑地闻着书、啃着书。看到这个情况的 Wendy Cooling 感到相当吃惊；她意识到即便是在英国这样先进的国家中，在入学前完全未接触过书的孩子仍旧是存在的。同年，Wendy Cooling 成为英国 Book Trust 基金会童书部门负责人，开始着手进行 Bookstart。由英国 Book Trust 基金会、伯明翰大学教育系、伯明翰医疗机构及图书馆合作，在伯明翰地区进行试办计划。最初的计划为免费赠书给 300 个 7~9 个月的婴儿。Bookstart 以"Share books with your baby"为口号，由健康访问员（health visitor）在 7~9 个月健诊时，将阅读礼袋送至家长手中，同时说明亲子共读的重要性及介绍附近的图书馆。

1992~1997 年，Bookstart 在英国顺利地拓展，但却苦于经费不足。1998~2000 年，英国的连锁超市 Sainsbury's 赞助 600 万英镑，有 92% 的婴儿因此受惠。2001 年 Bookstart 又再度面临经费危机，教育机关、民间基金会等捐赠 25 万英镑，25 家童书出版社也以低价提供书籍，因而 Bookstart 尚能继续进行。2004 年 7 月英国政府宣布编列 Bookstart 预算，并扩大实施，对象为英国 4 岁以下儿童。2005 年开始，"中央"政府机关之 Sure Start Unit 对阅读礼袋的费用及 Bookstart 的营运经费提供了支持。

（二）信谊阅读礼袋

1. 信谊"Bookstrart 阅读起步走"

为了建立公共图书馆与孩子的长期互动关系，将通过赠送免费阅读礼袋作为起始点，由图书馆设置婴幼儿阅读专区，藉此吸引父母带着孩子定期回到图书馆借阅婴幼儿阅读资源。

信谊基金会长期以来致力于推广儿童阅读，历经多次英、日等国实地参访考察后，2005 年 11 月正式成为跨国性 Bookstart 婴幼儿阅读推广联盟工作伙伴。2006 年 2 月第 14 届台北国际书展中，特别邀请到 Bookstart 运动创办人 Wendy Cooling 女士来台，与当时台北市长马英九先生与台中县副县长张壮熙先生，共同公开宣布开始在台湾地区推动"Bookstart 阅读起步走"运动，通过婴幼儿阅读观念的推广，让台湾地区与世界同步接轨。

信谊基金会作为国际性"Bookstart 阅读起步走"运动的台湾地区代表机构,定期与国际相关团体合作交流,持续引进各国最新婴幼儿阅读推广理念与方法,邀集各界学者专家设计制作父母入门指导手册、推荐书目、故事围裙、布旗、海报、贴纸等周边物资;并设计有图书馆员与志工完整配套培训课程,筹组专业讲师团队,在台各地执行父母阅读指导讲座暨协助组训专业志工团队,更不遗余力向各界人士积极倡导婴幼儿阅读的重要性,募集更多社会资源与能量投入婴幼儿阅读推广行列。其中,为了支持地方政府开展"Bookstart 阅读起步走"运动,信谊基金会提供的免费赠书已经累计超过 50 000 册。

与此同时,婴幼儿阅读推广系信谊基金会"关怀 0~3 岁婴幼儿发展"整体工作的重要一环;自 2000 年开始,信谊基金会通过举办婴幼儿国际发展研讨会、支持国际知名婴幼儿研究机构大型跨国研究计划、办理大型亲子活动与亲职讲座、印行发送父母倡导手册与单张以及出版发行优质玩具与阅读资源等不同活动,全面推动台湾地区对婴幼儿发展议题的关注,为整体环境营造有利条件。

历经数年来众人的共同努力,婴幼儿阅读推广的种子逐渐在台湾地区各个角落开花结果。举例来说,在台中县文化局陈志声局长与图书管理科全体同仁的积极努力下,台中县 21 个乡镇从零星被动参与到全数主动编列购书经费,乃至于良性竞争打造适合地方特色的独特推广方式,激起了第一线图书馆员与推广志工的热情,为婴幼儿阅读生根地方树立了可复制移植的范例,带动了更多的县市与乡镇纷纷跟进。

展望未来,信谊基金会期待在既有的基础上,继续结合有志于婴幼儿阅读推广的在地力量,普及婴幼儿阅读风气,提升婴幼儿阅读软硬件环境,让每一个小小孩都有机会可以成为"小小爱书人"!

信谊基金会策划与提供完整的培训课程,筹组讲师团队,协助各县市图书馆执行"婴幼儿阅读父母讲座"及"志工专业引导课程",让第一线图书馆员与志工具备有婴幼儿阅读指导能力,并持续举办婴幼儿阅读推广活动。

信谊基金会自成立以来,就以"守护孩子唯一的童年"作为核心宗旨,呼吁社会重视幼儿教育与致力提升幼儿教育的质量。自 2000 年起,更由于婴幼儿早期发展与脑科学的研究发现,积极向下扎根,推动 0~3 岁婴幼儿教育。自 2006 年引进世界性的婴幼儿阅读运动"Bookstart 阅读起步走",通过免费阅读礼袋的发送,已经走进 5 万多个有婴幼儿的家庭了!

"Bookstart 阅读起步走"引入台湾地区后,信谊结合在地的力量,看到了第一线小区图书馆员的活力与地方乡镇首长的投入,也看到了婴幼儿父母的热情参与,这一切都是来自"Bookstart 阅读起步走"几项重要而动人的特质:

A、"Bookstart 阅读起步走"主张每一个孩子都有阅读好书的权利,因此在活动涵盖的范围内,所有宝宝无论性别、种族、贫富都可以获赠免费阅读礼袋。礼袋包含两本精选图画书、一本《宝宝爱看书》父母导读手册、一份《宝宝的第一份书单》,书单推荐的书目都是由相关领域专家所组成的选书小组慎重挑选的适龄好书。

B、"Bookstart 阅读起步走"是第一个针对婴幼儿发放阅读礼袋的运动,我们相信看书永远不会嫌太早,小宝宝就可以看书、需要看书,也喜欢看书。因此,我们将发放对象的年龄设定为六个月到一岁半。

C、"Bookstart 阅读起步走"是一个社会关怀婴幼儿的全面运动,是一个民间机构、政府、图书馆、出版社、企业等组织一起推动的运动;也是一个家长、老师、图书馆员、医生、婴幼儿发展专家、出版人、阅读义工一起参与的运动;是一个社会给孩子的共同祝福。

阅读是孩子一定要具备的基本能力,但对这么小的孩子,信谊相信让父母抱在怀里的亲子共读经验,将是孩子一辈子最温暖的记忆;"Bookstart 阅读起步走"给孩子和书最美好的第一次接触,也为孩子播下一颗幸福的种子。信谊基金会诚挚邀请所有的父母和我们一起携手给孩子一个有你、有书相陪的幸福童年。

藉由"Bookstart 阅读起步走"的推广模式,可以让平常不使用图书馆的父母为了孩子走进图书馆,以婴幼儿阅读推广来带动家庭及其他成员的阅读习惯,更藉由亲子共读观念的推广,提升台湾地区民众对婴幼儿发展与照护的全面重视。

2. 台湾地区"Bookstrart 阅读起步走"的特色

A、以 6 至 18 个月大的孩子及其父母为对象。

B、赠送免费阅读礼袋。

C、以乡镇市公共图画书馆为赠书与推广基地。

(三)台湾教育行政主管部门"Bookstart 小一新生阅读起步走"

台湾教育行政主管部门"Bookstart 小一新生阅读起步走"自 2009 年开始办理,本年度继续办理,通过全面性大量赠书,鼓励家长踊跃协助孩子跨出阅读的第一步。那年全台湾地区小一新生共计 221 359 人,每人均可由学校转赠 1 份阅读礼袋,内容包括优质适龄童书以及名为"小小书精灵,带宝贝上学去"之亲子共读指导手册各 1 本;另建置 9 039 个班级的图书角各 15 种优质适龄童书,全台湾地区共计 135 585 本;另外规划补助全台湾地区 25 个县市家长量身打造举办 92 场"亲子阅读讲座",要和亲师们分享如何和孩子进行阅读、如何为孩子挑选好书、如何将阅读融入生活中,以及如何通过亲师合作,提升孩童对阅读的兴趣,共同营造丰富的阅读环境。本计划之亲子手册内容也建置在"教育行政主管部门全台湾地区阅读推动与图书管理系统网"上,提供其他年段家长或社会大众下载。

六、幼儿与阅读

幼儿阅读学界称之为读写萌发。

读写萌发的概念缘起于新西兰的克蕾(M. Clay),克蕾于 1966 年新西兰的奥克兰大学(University of Auckland)所作的博士论文"萌发的阅读行为"(Emergent Reading Behavior),第一次使用了"读写萌发"(Emergent Literacy,简称 EL)这个名称(Lancy,1994)。从 20 世纪 70 年代起,美国开始发展这方面的研究,到了 20 世纪 80 年代,研究更迅速增加(Teale & Sulzby,1989)。20 世纪 90 年代起,国内亦有以读写萌发概念进行之有关幼儿读物发展的研究。

(一) Chall 的阅读发展六阶段理论

对于读写发展的过程,不同研究者抱持的见解也各有不同。以 Jeanne S. Chall(1996)为例,她认为阅读发展阶段从零岁开始,阅读行为会产生质与量的变化。根据各阶段的特殊性,她将阅读发展分为六阶段。

阶段别/年龄(级)	行 为 描 述
阶段一:出生到 6 岁 (前阅读期)	1. 约略知道书写长什么样,哪些是(或像是)书写。 2. 认得常见的标志、符号、包装名称。 3. 会认几个常常念的故事书中出现的字。 4. 会把书拿正,边念边用手指字。 5. 看图说故事或补充故事内容。 6. 会一页一页翻书。

续 表

阶段别/年龄(级)	行 为 描 述
阶段二：6 到 7 岁 （识字期）	1. 学习字母和字音之间的对应关系。 2. 阅读时半记半猜。 3. 认字的错误从字形相似但字义不合上下文，到字形、字义都接近原来的字。
阶段三：7 到 8 岁 （流畅期）	1. 更确认所读的故事。 2. 阅读的流畅性增加。 3. 为阅读困难是否有改善的重要契机。 4. 为建立阅读的流畅性，大量阅读许多熟知的故事是必要的。
阶段四：9 到 14 岁 （阅读新知期）	1. 以阅读方式来吸收新知。 2. 先备知识和字汇有限，阅读的内容属于论述清楚、观点单一。 3. 刚开始以听讲方式吸收讯息的能力比以阅读方式吸收讯息的能力好，到后期以阅读方式吸收讯息的能力则优于前者。 4. 字汇和先备知识增长的重要时刻。 5. 学习如何有限阅读讯息。
阶段五：14 到 18 岁 （多元观点期）	1. 阅读的内容长度和复杂度增加。 2. 阅读的内容观点多样化。
阶段六：18 岁以上 （建构和重建期）	1. 选择性阅读。 2. 即使是大学生也不一定达到阶段六。 3. 读者不是被动接受作者的观点，他会藉由分析、综合、判断以形成看法。

（见《故事结构教学与分享阅读》，第 7 页）

  Chall 承认自己提出的理论乃是嫁接于 Piaget 的认知理论，与 Piaget 的理论有异曲同工之妙。Chall 也主张"阅读是一种问题解决的形式，读者在调适或同化的历程中，适应环境的要求"，后一个阅读发展阶段乃奠基于前一个阶段，但并不表示一定要前者发展完备才能进入下一个阶段。而阅读或学习障碍学童在阶段一和二有相当大的困难。对于有阅读困难的孩子要及早提供协助，否则拖到阶段三以后，会让孩子在各方面的学习都受到拖累，以致于原本只是识字困难，到后来连认知发展都落后了。（Chall，1996，第 120 页）

  Chall 的理论，可分为三个阶段：爱上阅读、学会阅读、阅读中学习。

  Chall 的理论有几点特色值得注意：（1）阅读发展从零岁开始。打破以往阅读准备度的说法,她并不认为阅读是上学以后才开始的,也就是说,即便未上学接受正式的阅读教学,孩子在无意中仍然可能学会一些书本和文字的概念,这种说法基本上呼应了读写萌发的主张。(2)阅读发展是终身的。阅读发展即使到了成人阶段仍然不断成长,此外,也并非所有的个体都能发展至阶段六。(3)发展阶段对教学或评量皆具指标性的引导作用。

(见《故事结构教学与分享阅读》,第6~8页)

(二)幼儿读写萌发的主要概念

1. 幼儿在生活中即开始学习读写

在一个读写的社会,幼儿从出生几个月就常在生活中的玩具、积木和图画书中接触文字,两三岁的幼儿即能辨识生活环境的符号、标志和一些文字,同时开始从画图、涂写中试验书写。这些现象显示幼儿在被正式地教予读写之前,读写即已经在生活环境中萌发。

古德曼(Goodman,1986)指出幼儿开始接触环境中的文字,并且持续与文字互动的过程中,即逐渐建立其有关读写的五个发展基础:

A、实际环境中的文字知觉发展:幼儿在充满文字的实际生活环境中,经常与文字互动,从中探索和发现文字的意义、特征和规则。

B、应用环境中的文字知觉发展:幼儿从接触图画书、杂志和信件的经验中,开始了解文字的沟通功能。

C、书写功能和形式的发展:幼儿经由涂涂写写的经验中,逐渐认识各种书写功能和形式。

D、了解口头语言与书面语言关系的发展:幼儿从许多口语和涂写的经验中,逐渐了解口语和文字的相互关系。

E、对于书面语言的后设认知(metacogintion):幼儿试着分析和解释书面语言是如何运作的。

而根据国内的研究,三至六岁的幼儿在未接受正式的阅读书写教学之前,对于环境中的文字已有高度知觉,通过组织、假设、考验、修正等过程,而逐渐发展他们对于中国文字的概念,并且持续寻找语言代表关系的各种假设;在阅读和书写过程中,幼儿着重于寻找意义,他们认定文字是承载意义的媒介,对语意的关注总先于对形式的注意。

2. 幼儿学习是一种社会历程

幼儿读写的发展,是经由读写在真实生活环境中被用来达成目标,读写的功能是学习读写过程的一个统整部分,幼儿会期待着阅读和书写是有意义的活动,知道文字是用来沟通的。有关读写萌发的研究显示,读写不只是学习一个认知技巧,而是一个复杂的"社会心理语言活动"(sociopsycholinguistic activity),幼儿早期的读写发展,是依据幼儿在社会方面、心理方面、语言方面和认知方面,与其周遭环境中人们的互动和主动参与。读写发展是一种文化适应的历程,幼儿经由各种社会活动,并借着他人的引导和协助,内化活动中使用的口语和书面语言,逐渐增进语文能力。

3. 幼儿是学习读写的主动者

读写萌发的概念强调幼儿在学习阅读和写字的过程中,就如同他们学习说话一样,是一个主动的参与者和建构者。幼儿在学习口语时常会发生错误,尤其是语法上的错误,反映出他们正试用着语言的知识,并试着从中寻找语言的规则。同样的,幼儿在阅读或涂写字时发生的错误,也显示幼儿不断地试用着他对语法和语意的知识和规则,或根据字形的线索寻找文字的意义,或试图建构或呈现字的样式和特征,有时为了保留自己所使用的规则和维持上下文的贯串,甚至连本来认识的字也可能会念错,其实成人在阅读时也是用相同的策略(吴敏而,1991;Teale & Sulzby, 1989)。因此,幼儿在发展过程中的说话和读写表现,虽尚未完全符合成人的传统形式,其实不能被视为错误,而是有创意、有逻辑的主动建构过程。

4. 阅读和书写相互关联发展

读写萌发的概念是将读和写视为一体,幼儿的阅读和书写是同时相互关联发展,而不是先学习阅读,再学习书写。书写者借着建构文字,而再建构意义,阅读者则是借着建构被预期的意义,而再建构文字。例如,毕塞克丝(Bisex, 1980)的个案研究,分析她儿子的读写发展,其中即显示读和写的共同发展过程:

A、第一个阶段:她五岁的儿子在纸条上自发地涂写"RUDF"(意指"Are you deaf?",你是聋了吗?),然后拿着纸条轻推着她,想引起她的注意。

B、第二个阶段:孩子开始试着读食物包装上的卷标、标志和他自己的名字,父母协助他取舍环境中的数据,鼓励他尝试书写,他开始观看和尝试读更多的字。

C、第三阶段：孩子在六岁之前即进入第三个阶段，更扩展他的读和写，会注意和讨论字音型态，试着使用字母的线索和脉络读新的字。

D、第四阶段：在小学一年级结束时，他不再要求父母念书给他听，这时他自己读小说、漫画、字典、年鉴和百科全书，他也开始为他自己的目的而写——将自己的所有物列表、记录个人的活动，他甚至写了一本歌本和建立他自己的难字拼音表。（见《幼儿读写萌发课程》，第14~18页）

（三）幼儿阅读行为发展

儿童的阅读行为发展，可分成下列三个阶段，每个阶段有其行为的特征：

1. 萌发的读者（emergent reader）

A、有兴趣握拿着书。

B、注意环境中的文字。

C、将书中的图画命名。

D、将熟悉的书中故事，重组自己的说法。

E、辨别出自己的名字。

F、辨认某些字。

G、喜爱重复自己的儿歌和歌谣。

2. 早期的读者（early reader）

A、了解文字是有意义的。

B、重组故事时，常依循原作者的文字。

C、要念书给别人听。

D、在各种情况中辨认熟悉的字。

E、知道故事结构的主要因素（如：重复的形式、神仙故事、呈现问题的故事）。

3. 流畅的读者（fluent reader）

A、阅读能力建立在先前的阶段。

B、能自动处理文字的细节。

C、能独立阅读各种文字的形式（如：散文、诗、电视节目、菜单等）。

D、能以适合于文字形式的速度阅读。（见《幼儿读写萌发课程》，第19~20页）

（四）幼儿图书的类型

1. 小小读者的启蒙书——硬纸板书

硬纸板书（Board Book）的制作与出版，从20世纪80年代开始兴盛，它专为三岁以下的孩子所设计。因此一本优良的硬纸板书,除了外形必须兼具安全性和实用性,也要适合婴幼儿拿捏和翻页。同时,在内容上要清晰,易于婴幼儿指认和理解,这样才能吸引他们的眼光和注意力。近几年有些书商,将适于三岁以上幼儿的畅销书,重新包装成硬纸板书再次销售,屡见二三十页的原书,硬被删成十几页的硬纸板书,不但失去了原书的节奏和流畅,对婴幼儿的吸引力也不高。

2. 动动手也动动脑——玩具书

玩具书,其中一个最大的功能,就是能转接婴儿从玩书到阅读书的过程,让婴幼儿在"玩"中进入书的世界,而体会书的乐趣。

对两岁之前的孩子而言,"玩具"与"书"的意思没有不同。他们怎么去玩玩具,也会怎么样去玩书。这样的平等对待,一直要等到孩子自己区分出书和玩具的独特功能后,才会泾渭分流,孩子才会对书产生特别的行为反应,例如去翻、去看、去请求成人念,去指认固定的事物名词等等。

3. 智识与欢乐的摇篮——童谣书

共读童谣不仅是婴幼儿与文学世界的首次接触,还能提升幼儿的解音能力,更让亲子互动充满纯真乐趣。

4. 击壤群唱——儿歌图画书

通过亲子念唱儿歌图画书,能引发幼儿的学习动机,丰富其语文经验和知识。

5. 掌握心灵的地图——情绪图画书

亲子共读情绪图画书,有助于婴幼儿自我了解和探索,也同时让他们知晓有什么不同的情绪表达方式。

情绪图画书的种类:

A、自我与他人情绪的表达与指认。

B、依附关系。

C、同理心。

6. 只要我长大——生活教育图画书

成人运用图画书,让孩子学会某一种生活能力。优良的生活教育类图画书,不只具有工具性的效用,同时传递了幼儿从生理独立到心理独立的历程。

7. 接下来会是什么?——预测性图画书

预测性的图书能帮助幼儿顺畅,以及掌握这个猜测的阅读过程,而获得成功的阅读经验,进而逐渐提升阅读的能力。由于具有预测性的图画书能让孩子产生高度的参与感,能自然引发其与成人共同朗读或自行阅读的行为,然后从中不断地探索语言文字的组合原则,常使用文本模式的重复、段落语句的重复、情节的重复、重复并累进模式来引导孩子预测。因此往往成为专家推荐给婴幼儿甚至儿童学习语文的绝佳材料。

8. 将世界分门别类——概念类图画书

好的概念类图画书,帮助婴幼儿了解、整合眼中的世界。

由于这类型图画书是借着图画来说明概念的特质,因此图的质量和深度十分重要。好的概念类图画书,应有清楚的年龄定位,也要清晰且直接地呈现出一个概念所包含的必要特质、相关特质、最佳例子,及它与其他概念间的关系。如此才有助于婴幼儿了解一个概念所具备的不同讯息。最常见的概念类图画书有颜色概念、形状概念与空间概念。

9. 让我们一起来数数——数数书

父母在与婴幼儿共读数数书时,除了会指认事物的名称外,通常也会去一一细数图画中的事物数量,达到"伙伴"式的"共读"乐趣。

能吸引住这个年龄层幼儿兴趣的数数书,包含的概念要力求单纯,表达方式上要尽量直接和清晰,具有以下几个特点:

A、要有凸显的主体物。

B、成组的事物(Grouping)应显而易见。

C、排列上应有规则。(见《小小爱书人》,第56~106页)

(五)帮助孩子增进阅读能力

游戏的主要意义是由内在动机引起、自动自发的;是自由选择的;需要热烈的参与,不是严肃的;着重于方式和过程,而非目的和结果,游戏的方式随着情境和材料而随意变换,其目的亦可随时改变;游戏是有弹性的,随着幼儿和情境的不同而有差异;游戏不受外在规则的限制;在游戏中,幼儿常运用假装的方式扮演,而超越此时此地的限制。在这样非正式的游戏情境中,可让幼儿因着自发的动机和需要自由选用读写材料,主动探究和试验文字的功能和样式。(见《幼儿读写萌发课程》,第107页)

阅读定律一:人是好逸恶劳的。

阅读定律二:阅读是累进的。

帮助孩子增进阅读能力:

第一是书籍;

第二是书篮或杂志架；

第三是床头灯。

最有效的阅读：大声朗读是培育读者最重要的因素。

最主要的目的是激发孩子以自行阅读为乐的活动，一般称之为自由阅读。

自由阅读的实效：

1. 是非正式且不评分的形式，提供的阅读层面——成为娱乐。

2. 可能不会使学生阅读技巧立即改善，但可以导致学生对图书馆、自发性阅读、指定性阅读及阅读的重要等的态度产生正面的转变。

3. 字汇累积，其重要性甚至超过教科书或口语所学。

七、结　　语

从声音、说话、说故事、语言游戏、朗读中逐步达成，"爱上阅读"亦即是让孩子在生活中学习。

儿童心理学家吉诺特（Haim Ginott，1922～1973）提出一段话，值得我们回味。

1. 在批评中长大的孩子，学会谴责。
2. 在敌对中长大的孩子，常怀敌意。
3. 在嘲笑中长大的孩子，畏首畏尾。
4. 在羞辱中长大的孩子，总觉有罪。
5. 在恐惧中长大的孩子，郁郁不乐。
6. 在忍耐中长大的孩子，富有耐心。
7. 在鼓励中长大的孩子，满怀信心。
8. 在赞美中长大的孩子，懂得感激。
9. 在正直中长大的孩子，有正义感。
10. 在安全中长大的孩子，有信赖感。
11. 在赞许中长大的孩子，懂得自爱。
12. 在被爱中长大的孩子，学会爱人。

（见 http://tweb.ssps.tp.edu.tw/teacher/yfhuang/new_page_5.htm）

参 考 书 目

Lilian G. Katz. 与幼教大师对谈——迈向专业成长之路[M]. 廖凤瑞译. 台北：信谊基金出版社, 2002.

王琼珠. 故事结构教学与分享阅读(第二版)[M]. 台北：心理出版社有限公司, 2010.

加藤谛三. 孩子们因此而生[M]. 林真美译. 台北：台湾东贩股份有限公司, 1993.

伊列雷斯. 我们如何学习：全视角学习理论[M]. 孙玫璐译. 北京：教育科学出版社, 2010.

多洛西·罗·诺特, 赖修·贺立斯. 孩子在生活中学习[M]. 吴淑玲译. 台北县：新迪文化有限公司, 1999.

安东尼·布朗. 我爱书[M]. 高明美译. 台北：台湾英文杂志社有限公司, 1996.

李坤珊. 小小爱书人——0~3岁婴儿幼儿的阅读世界[M]. 台北：信谊基金出版社, 2001.

洪兰. 欢乐学习, 理所当然[M]. 台北：天下远见出版股份有限公司, 2004.

茂木健一郎. 用脑, 要用对方法![M]. 叶韦利译. 台北：时报文化出版企业股份有限公司, 2009.

袁巧玲. 关键七招, 孩子真好教[M]. 台北：天下远见出版股份有限公司, 2009.

黄瑞琴. 幼儿读写萌发课程[M]. 台北：五南图书出版股份有限公司, 1997.

林文宝谈儿童阅读

从必读书目谈起
——师院生必读书目

所谓"必读",是指非读不可,具有指令的意思;而"必读书目",则是非读不可的书。就文法而言,是省略起词的叙事简句。

必读之书,自古有之。孔子曾有"不学诗无以言""不学礼无以立"(见《论语·季氏篇》)之说。又《论语·述而篇》:"子所雅言,诗、书、执礼,皆雅言也。"可见孔子平日常以诗、书、礼教弟子。而后,儒士非但要具有礼、乐、射、御、书、数等六艺之必要的知识与技能,更要有五经的基本学养。至南宋,朱子于孝宗淳熙年间,合辑《论语》《孟子》《大学》《中庸》成集,名为"四子书",通称为"四书",并于元仁宗皇庆二年(1313年)以后,成为科举士子必读之书。

总之,所谓必读书目,历代有之。其间或以清末张之洞的《书目问答》为集大成;但该书虽具有书目之实,却无必读之效。民国以后,由于西潮东渐,传统文化面临危机,于是又有国学必读书目的流行。其中,要以胡适、梁启超两人的书目最为著名。

胡适应即将出国留学的清华大学毕业生胡敦元等四人之请,拟了份书单,叫作《一个最低限度的国学书目》,并于1913年3月4日刊登于《努力周报》的增刊《读书杂志》第七版上。胡适所拟书目,计分三类:

一、工具之部　　14 种书
二、思想史之部　72 种书
三、文学史之部　81 种书(以上详见远流版《胡适作品集》第七册,第 127~142 页)

三类合计 167 种。当时《清华周刊》记者于当月 11 日致函请教。于是胡适再拟一个《实在的最低限度的书目》39 种(同上,第 144~145 页)。而梁启超看了胡适的书目深不以为然;他接受《清华周刊》记者的要求,撰写《国学入门书要目及其读法》,并有附录三篇(同上,第 146~175 页)。其中附录即是《评胡适之〈一个最低限度的国学书目〉》,该文最后的总评是:

总而言之,胡君这篇书目,从一方面来看,闲他罣漏太多;从别方面来看,嫌他博而寡要,我认为是不合用的。(同上,第 175 页)

梁氏的《最低限度之必读书目》列于附录一。所列书目约为 30 种,并谓:

以上各书,无论学矿、学工程……皆须一读。若并此未读,真不能认

为中国学人矣。(同上,第67页)

后来再开必读书目要皆以量少为主。如高明先生在《国学的研究法》一文里,列举十部立根基的必读书目,他说:

> 民国以来,梁任公、胡适之、钱基博、汪辟疆先生都曾开过书目,他们所开的书目,最少的(如梁任公的最低限度之必读科目)也有三十部书左右,多开的有一百几十部书。王云五先生为商务印书馆出了一套国学基本丛书,目录里就列四百部书,以中国图书的浩瀚,选了四百部为基本的书,诚然也不算多,但是让现在的青年看来,恐怕要望而却步了。我曾经把他们所开的书目减缩为十部,那就是《论语》《孟子》《荀子》《礼记》《左传》《史记》《毛诗》《昭明文选》《文心雕龙》《说文解字》——这可说是真的"最低限度的必读书目"了。(见1978年3月黎明版《高明文辑》上册,第105页)

又钱穆先生于《读书与做人》一文里(见1979年8月东大版《历史与文化论丛》,第363~372页),认为《论语》《孟子》《老子》《庄子》《六祖坛经》《朱子近思录》《传习录》等七部书,是中国人在修养方面人人必读的书。后来,在《中国人的思想总纲》一文中,又强调是中国人必读的书,并称之为"中国新的七经"。(见1979年8月联经版《从中国历史来看中国民族性及中国文化》,第85~88页)

除此之外,蔡信发先生于《也谈必读书目》一文里(见1984年12月15日《"中央"日报》副刊),则以《四书集注》《礼记正义》《史记会注考证》《资治通鉴》《荀子集解》、王弼注《老子》《庄子集释》、段注《说文解字》、《古文观止》《唐诗三百首》等十部书为真正最低限度的国学书目。

总之,有关必读书目,仍有多种不同的说法。有兴趣的人可以参考下列各书:

《书目类编》,严灵峰编,成文出版社;

《国学方法论丛》(书目篇),黄章明、王志成编,学人文教出版社,1979年10月再版;

《好书书目》,胡建雄编,尔雅出版社,1979年9月;

《好书书目》,隐地、胡建雄合编,尔雅出版社,1983年1月;

《中学生好书书目》,陈宪仁策划,明道文艺杂志社,1984年12月。

其实,所谓"必读书目",就文法结构而言,是属于省略起词的叙事简句。这种叙事简单的基本句型是:

起词—述词—止词。

就修辞而言,似乎可约化为"读书"二字;因此所谓"必读书目",必须看对象、目的和性质。

我们知道,对象不同,则所谓必读书目亦有所不同。如钱穆先生的对象是指全部的中国人,而高明先生则是指研究国学的人。

读书有各种不同的目的:或为考试,或为充实自己。张春兴先生在《怎样突破读书的心理困扰》一文里,认为读书至少应有三种目的:

1. 文化传承的目的。
2. 实际应用的目的。
3. 生活充实的目的。(见1982年10月东华版《怎样突破读书的困境》,第6页)

读书因目的的不同,则必读书目也会有不同。

至于书的性质,也有消遣书、教科书、工具书、专门书的不同;因性质不同,必读书目也会有所不同。

因此,本文所谓的师院必读书目,亦当从对象、目的、性质方面加以解说。

师院生是起词,也是所谓的主词,这个主词的界定,限制了所谓的必读书目的范围。我们知道师院生是将要从事小学教育的工作者。大学教育,它的基本功能虽是发展知识,培育人才;而师院的教育却更着重于经由专业训练培养出能教书、会教人,而且愿为教书教人长期奉献的现代教师。这种老师具备专门知识、专业知识、专业精神;这是师院教育的主要教育目标。这种教育目标,也就是一般通称的博雅教育、人文教育、人格教育。我们自古有经师、人师之说,而师院教育即是透过专业训练培养出来经师、人师兼具的良师。

现代的师院生相当于古代的"士",尤其是在这多元文化的社会里,更必须拓展视野。因此,关心的层面不应局限在自己本科系那些专业的范畴,而应扩充到整个国家、社会,所以涉猎的书要多、要广。书就历史言,有新、旧;就性质言,有专业、修养、欣赏、博闻、新知、消遣的不同。在这信息化社会里,有关专业知识技能与常识的书可说日新月异,正是所谓的"知识爆炸",在这知识价值快速变异的时代，只有掌握信息才能拥有知识。但是在良师的特定规范下，我们认为仍有些千古不易的传统典籍在。这些书具有永恒性、民族性。对师院生而言，有助于我国人师的养成；申言之，师院教育的目标是再通过专业训练培养出来经师、人师兼具的良师；这种良师，也就是韩愈所说的"所以传道、授业、解惑也"的"师者"。我国向来把"尊德性"与"道问学"并提，这种知识与德性并重的人文教育，是我国历代教育的特质所在。这种人文修养，即是讲究做人道理与方法；懂得如何做人，才是最高的知识；学如何做人才是最大的学问。学做人是人最切身的问题，任何一个社会、一个民族，都有其教人做人的道理，生长在这社会里的人，都要接受这社会教我们做人的道理。我们知道所谓的良师，并非只是传授知识的经师，而是在知识之外，在学生成长的旅途中，启发、引导、鼓舞学生向上的人师。因此，良师是向导、是表率、是追求者、是顾问、是创造者、是权威、是鼓舞者、是常规的力行者、是窠臼的打破者、是说书者、是演员、是面对现实者、是评量者。在这社会变迁中接受教育的现代学生，其心理成长的历程，比前人更为困难，也更需要教师的教导。又今日学生的学习，已不单是学校围墙内的学习活动，事实上已扩展到：只要能提升生活价值和生命意义的人类经验，都应包括其中。这种"潜在课程"的推演，更肯定教师在学生学习过程中的重要性。尤其是在"情意领域"方面的学习，更是需要有人师的引导。

申言之，在这西风东渐的时代，中国文化传统面对"中学之体"如何保住与"西学之用"如何开展之际，首要之途在于"定位"。个人认为师院生必须以中国文化为立足点。钱穆先生在《中国文化传统在哪里》一文里曾说："我讲中国文化有三种：一个是中国人，一个是中国的家，又一是中国的国。"（见1971年7月自印本《中国文化精神》，第25页）这种文化中国的教育观，是我们必须肯定的前提。

所谓文化中国的教育观，亦是博雅教育、人文教育、人格教育。在这种文化中国教育观或博雅教育规范之下的师院生，除了"道问学"之外，更应致力于"尊德性"，这是教育的宗旨，也是我国历代教育的特质。所以个人认为今日师院生确实有必要读一些非读不可的传统典籍。这些必读书目，旨不在专门知识的追求，但却有助于专业知识与专业精神的养成；更重要的是养成有根有源的中国人的教师。因此，考虑前述各种必读书目，提供下列十五部书以供参考：

《四书》《老子》《庄子》《六祖坛经》《朱子近思录》《王阳明传习录》

《古文观止》《唐诗三百首》《三国志演义》《水浒传》《西游记》《聊斋志异》《老残游记》《儒林外史》《红楼梦》。

上列十五部书可分为两大类,即思想与文学两类,皆以博雅教育为前提。其中思想类六种,以钱穆先生的书目为据;钱氏仅列《论语》《孟子》,个人以四书并列。在博雅教育的观点下,列入《古文观止》与《唐诗三百首》,可说是最合适的两部书。至于列入七部小说,或许会有不同的意见,尤其是在"士之致远,先器识,后文艺"(见《新唐书·裴行俭传》)的观点之下,更会有人不同意。但个人认为传统的教育,似乎缺乏以儿童为本位的认知,尤其是在"文以载道"的观念下,教育不具有活泼的倾向。其实,在多元社会里,"先器识,后文艺"的论点已不足为训。梁启超在《论小说与群治之关系》一文里,曾畅谈小说具有"熏、浸、刺、提"四种支配人道的教化力。又由唐宋以来说书等民间娱乐,更认可小说的教育性。个人认为小说也是知识或文化的一种泉源。

在所列举的七部小说中,皆属经典名著,与民间文学、儿童文学息息相关。身为未来小学教师的师院生,更当耳熟能详,以备教学或引发之用。又今日读书治疗亦大都以小说为主,我们知道在学生的成长路上,文学中的小说,似乎是他最好的朋友,为今日博雅教育而计,舍小说其谁?

综观所列十五部书,皆以人文科学为主,所谓"观乎人文,以化成天下"(见《易·贲象》),又"舍诸天运,征乎人文"(见《后汉书·公孙瓒传论》)。盖人文教育乃是教育之基础。师院同学在学四年,除寻求专门知识与新知外,理当对人类知识文化有相当程度的了解;尤其是对自己民族的学术文化有基本的欣赏与把握。因此所列十五部书或可作为四年里的必读书目,在成长历程的四年里与你们同行,并愿以此与全体同学共勉之。

——选自《国文天地》第五卷·第六期,第100~103页

林文宝谈儿童阅读

通古才足以变今

我国新式教育萌芽时期是自同治元年（1862年）创设同文馆，一直到光绪二十八年（1902年）奏定学堂章程公布之前，共计四十年。自光绪二十八年奏定学堂章程公布到辛亥革命，计十年，是为新式教育建立时期。在此时期中旧式教育被推翻，新式教育制度渐次建立起来。新式教育在发展过程中，历受日本、德国、英国、美国的影响；在欧风美雨的冲击下，我们似乎了解了各国的教育措施，可是却忘却了自己以往的教育措施。其实，我国自古即重视教育；尤其是历代私家教学颇为发达，且其效率更较官学为大。这种情形，直到新式学校制度产生，私家教育的势力始渐式微。

一

所谓私家教学，自蒙学至专门精深，都有人设立。因此学塾的程度范围极广，自五六岁启蒙，以致二十左右读完了"四书""经书"，作八股，都可以由学塾去教。

孔子杏坛设教，自然是最早且最大的学馆。这种学馆的历史，历代一直没有多大改变，这是我国历代唯一的基本学校；而私塾教师也是读书人除做官以外的唯一出路。

学馆，全国到处都有，依程度可分为四等：开蒙、开读、开讲、开笔；后两者称为"经馆"。而私家教育的学馆，又以儿童基础的"蒙馆"最为重要。"开蒙"的学生是初次入学，讲究认识方块字，平常则读《三字经》《百家姓》《千字文》等书。稍高一级，名为"开读"的学生，这种学生都是开首读"四书"，这种蒙馆教育，即是所谓的启蒙教育。"启蒙"是我国旧有的用词，以今日的用词来说，当是指学前至小学阶段。这种私家讲学的"蒙馆"教育，就学校制度、教育行政与考选制度等三方面而言，可说是属于三不管地带。

"启蒙"用词，或源于《周易·蒙卦》："蒙，亨。匪我求童蒙，童蒙求我。"因童蒙、蒙以养正的概念引申于儿童教育上，则有：朱子《童蒙须知》、王阳明《训蒙教约》（或作《训蒙大意》）、陈宏谋《养正遗规》。甚且清末光绪二十八年（1902年）张百熙奏定壬寅学制，亦有"蒙养院"的名称。

本文所谓的"蒙馆"，或称"村塾"，这里的学生，大部分读完《孝经》《论语》之后，即不再读书，而拟从各种职业；也就是说这种人只想识字、写字而不应举。一般说来，他们皆以识字、习字、伦理为主。

二

有关于蒙馆和启蒙教材,至目前为止,似乎仍缺乏有系统的整理。其间个人曾企求于当代先进的有关记载与研究,又多语焉不详。其中以专论而言,首推齐如山的《学馆》一文(见1979年12月联经版《齐如山全集》第九册《中国科名》附录三)最为详细。至于传记,则以胡适《四十自述》较为详尽。

从胡适的自述里,可见所谓的启蒙教材,是因人、因时、因地而有不同。就目前可见中国教育史论著中,亦有多人论及小学教育(如陈东原、任时先、王凤喈、陈青之、余书麟、胡美琦等),而其中以陈东原所论较为详尽。此外,苏桦先生亦致力于古代儿童读物的探讨,他的文章都发表于《"国语"日报》儿童文学版(1977年2月—1981年7月)。而郭立诚女士编注有《小四书》(1983年7月,号角出版社)。除外,亦有人论及古代启蒙教材,但皆属于单书之论述。其间若以体系而言,以拙著《历代启蒙教育地位之研究》(见1982年4月《台东师专学报》第十期)、《历代启蒙教材初探》(见1983年4月《台东师专学报》第十一期)两篇较为可观。又大陆学者张志公有《传统语文教育初探》(1962年10月,上海教育出版社)一书,当是中国有关传统启蒙教育的代表著作。

三

中国历代启蒙教材,最早见于正史《艺文志》小学类;而《永乐大典》目录卷八十九"蒙"字有《童蒙须知》《童蒙诗词》《蒙训》等部分,其内容已不存(案《永乐大典》五百四十一卷以前皆佚),是以所谓《童蒙须知》《童蒙诗词》等到底如何,未得而知。至《四库全书》时,始将启蒙教材归属于儒家、类书等类。《四库全书总目提要》卷四十《经部四十·小学类一》:

> 古小学所教不过六书之类,故《汉志》以《弟子职》附《孝经》;而《史籀》等十家四十五篇,列为小学。《隋志》增以金石刻文,《唐志》增以书法书品,已非初旨。自朱子作《小学》以配《大学》,赵希弁《读书附志》,遂以《弟子职》之类,并入小学;又以蒙求之类,相参并列,而小学益多歧矣。

考订源流,惟《汉志》根据经义,要为近古。今以论幼仪者,别入儒家;以论笔法者,别入杂艺;以蒙求之属隶故事,以便记诵者,别入类书。惟以《尔雅》以下编为训诂,《说文》以下编为字书,《广韵》以下编为韵书。庶体例谨严,不失古义。其有兼举两家者,则以所重为主(如李焘《说文五音韵谱》实字书;袁子让《字学元元》实论等韵之类),悉条其得失,具于本篇。(见商务版《四库全书总目提要》第一册,第832页)

而近代图书分类皆归之于启蒙类,如:《书目答问补正》(附一、别录)有童蒙幼学各书、《"'中央'图书馆"善本书目》(一九六七年十二月增订本)有启蒙之属、《百部丛书集成分类目录》卷三子部儒学礼教之属有"蒙学目"。

综观目前可见启蒙教材,皆以识字、习字、伦理为主。因此传统的启蒙教材可分为三类:

一为字书。其源流当是《汉书·艺文志》所列的小学书。小学书凡十家四十五篇,传到今日却只存史游的《急就篇》。而《急就篇》之所以能硕果仅存,传流不绝,并非由于它的内容,也不是因为它是字书;而是因为后世喜爱它的书法神妙,将它和米芾《十七帖》、王羲之《兰亭序》等同等对待,当作草书的法帖,才被保留下来,成为字书的瑰宝,而得以窥知秦汉字书的体例。

其后,梁时周兴嗣的《千字文》,是继"小学书"而后流行的学童启蒙教材,在唐代即已盛行。以后的《百家姓》和各种《杂字》皆属此类。《千字文》自唐代以后是儿童必备的读本。据谢启昆《小学考》所载(见艺文版,第255~265页),在周氏以后注解、仿作、改作的本子相当多。

二是蒙求。《蒙求》是盛唐李瀚所撰。现存本共六百二十一句,每句四字,计有二千四百八十四字。《蒙求》一书两句一韵,句法整齐,编采的都是历史人物的事迹。

三是格言。或始于《太公家教》。《太公家教》是属于家训文学,家训是治家立身之言,用以垂训子孙的,以后有《神童诗》《增广贤文》等。

此外,诗选亦颇为流行。其间最有名者,首推蘅塘退士的《唐诗三百首》。蘅塘退士,真名孙洙,江南常州府金匮县人(今江苏省无锡县),生于清康熙年间,乾隆十六年(1751年)赐进士出身二甲第七十名。乾隆二十八年(1763年)春,与妻子徐兰英互相商榷,编成《唐诗三百首》。

《唐诗三百首》共选三百十首,原刻本已不得见。编者原意乃为家塾读本,而今却凌驾在古今唐诗选本之上,就启蒙教材而言,这是唯一的变数。

四

宋朝以后,受理学家的影响,无论在教材与教法方面都有了变化,但仍然是以识字、习字、伦理为主。

宋、元时代,对于儿童启蒙教育可说极为重视;在中国教育史占有重要地位,且专家、学者辈出,其间要以朱子最为有名。

朱子之前有小学教育之实,而无小学之名。自《小学》一书出现,始确立小学教育的地位。考《小学》一书的编纂类例,皆由朱子亲自决夺;而采摭之功,则以刘子澄为多。朱子以前,小学仅散见于经、传、记而未成书;自朱子编辑《小学》,儿童启蒙教育始有专门论著,是以朱子可说是我国第一位真正的儿童教育家。他除编辑《小学》作为小学教材之外,又撰有《童蒙须知》,并订《曹大家女诫》《温公家范》为教育子女之书。

朱子以后,即有人为《小学》作注,其中以清人张伯行集注最为详尽。并有人拟小学篇体裁著书。其后,最足以为理学家之主张代表者,当推程端礼的《程氏家塾读书分年日程》一书。

明清两代,儿童启蒙教育较为发达,而王阳明对于儿童启蒙教育的理论,发挥至为详尽,可说是朱子之后的巨擘。其中《训蒙大意示教读刘伯颂等》一文最能代表他的启蒙教育理论,而吕得胜撰有《小儿语》,他的儿子吕坤撰《续小儿语》《演小儿语》,都是专为儿童编的格言诗,大概是受了王阳明的影响。至于清朝陈宏谋辑有《五种遗规》,第一种即是《养正遗规》,是中国启蒙教育的重要文献,更是朱子理学系统启蒙教育的文献汇编。

然而,朱子系统的小学启蒙教材,似乎仅流行于学者之间,而不为一般塾师所接受。虽然历代的艺文志、经籍志,或是私家的书目著作,或多或少都收有启蒙教材,但我们却发现这些登堂入室的书目只是见存而已,或许有幸收录于《四库全书》里;事实上并不为民间塾师所采用,而民间所采用的,除"三、百、千"(即《三字经》《百家姓》《千字文》)之外,大多皆作者不详。由此可知,登堂入室的启蒙书目,是代表着知识分子的一种教育理想;事实上这种理想的教材,一直未能在民间流行。

五

　　流行于民间的启蒙教材,由于未能登堂入室于历代各种书目,更因为中国幅员辽阔,再加上各地塾师水平不一,有时又别出心裁,于是所用教材因人而异,是以所谓民间启蒙教材,实在多不胜数。而目前见存者,自是其中较为流行的。

　　其实所谓的童蒙书,亦只不过是个人或书坊的选本而已;一般流行于村塾的启蒙书,大部分皆属不知人士所撰,是以推究起来,颇多困难。清末民初流行的启蒙书,到今日有许多书好像中了瘟疫般突然消失;前一阵子似乎又有复见的趋势,甚且有人鼓吹,可是却无济于已逝的事实。

　　总之,收集或研究启蒙教材,并非恋旧,亦非意图复古;今日我们不可能要小学生去读《三字经》《千字文》,社会结构已变,时代变迁快速,教材改变也大。传统的启蒙教材(不论民间教材或学者编写者)虽然已不合今日儿童阅读;然而这是我国昔日的启蒙教材,也可以说是我们的传统,若我们弃之而不顾,则不通古者何能变今?徒知彼而不知己,则只是削足适履而已。我们知道,历代启蒙教材,要皆出之于文人手笔;且不论其内容与难易度,至少他们都是以韵文写作,压韵易读,就诗教而言,是深且远,或许能作为我们今日的借鉴。

林文宝谈儿童阅读

启蒙教材与读经

一、前　　言

　　中国新教育萌芽自同治元年（1862年）创设同文馆，一直到清光绪二十八年（1902年）奏定学程章程公布以前，共计40年。自光绪二十八年奏定学程章程公布到辛亥革命，计十年，则是新教育建立时期，在此时期中旧教育完全推翻，新教育制度渐次建立，而其关键点是1911年1月19日，第一任教育总长蔡元培下令："小学堂读经科一律废止。"5月，又下令："废止师范、中、小学读经科。"7月，蔡氏在全国第一届教育会议上提出"各级学校不应祭孔"的议案（注一）。等到1919年五四运动起，于是所谓传统的教育、教材，则似乎被连根拔起。

　　考传统教育历代私家教学颇为发达。所谓私家教学，自蒙学至专门，皆有人设立。因此学塾的程度范围极广，自五六岁初蒙，以至二十岁左右读完了"四书""经学"，作八股，都可以由学塾去教。所以学塾中的学生，年龄有时自五六岁直至十五六岁的都有。那种专教蒙童的称为蒙馆，教大学生的称为经馆。

　　这种学塾的历史，或谓始自汉朝，而且一直没有多大变化，这是我国历代唯一的基本学校，而私塾教师也是读书人做官以外唯一的出路。

　　本文所谓的启蒙教材，是指蒙馆教材而言。蒙馆，或称村塾，这里的学生大部分读完《孝经》《论语》之后，即不再读书，而从事各种职业，也就是说这种人只想识字、写字而不应举。一般说来，他们皆以识字、习字、伦理为主。在宋朝以后，虽然受了理学家的影响，无论在教材与教法方面都有了变化，但仍然是以识字、习字、伦理为主。

　　个人于1980年初期，曾用心于启蒙教育与教材之研究，1980年代以来曾开过相关课程，也指导硕士生撰写相关论文。而今日所谓的蒙书或读经已非昔日的单一或偏执，如今有了因缘与际会，试以再论之。

二、传统启蒙教育的回顾

　　废八股（1902）、停科举（1905）、兴学校，是传统教育的解体，也是中国新教育的开始。新教育在发展过程中，受日本、德国、英国、美国的影响，在各国潮流的冲击下,我们似乎了解各国的教育措施,可是却忘了自己以往的教育。

以下略述海峡两岸学者对传统蒙书与教育相关的研究。

(一) 台湾地区

1967 年 7 月 28 日,"中华文化复兴运动推行委员会"成立大会在阳明山中山楼举行。于是,中学课程中有"文化基本教材",并于 1969 年与编译馆共同主编"重印古籍今注今译",而委由台湾商务印书馆统一发行。其后,三民书局的"古籍今注新译丛书"印行。以下就研究与收集分述之。

1. 研究

就个人所知,1970 年代有苏尚耀用心于古代启蒙读物的探讨(注二)。1981 年有雷侨云硕士论文《敦煌儿童文学研究》(1985.9,台湾学生书局出版),郑阿才、朱凤有《敦煌蒙童研究》一书,于 2002 年 12 月由甘肃教育出版社印行。

个人于 1982、1983 年有《历代启蒙教育地位之研究》《历代启蒙教材初探》之论述,其后合刊为《历代启蒙教材初探》一书。

高明士《中国传统政治与教育》《中国教育制度史论》等书,是论述传统教育。

周愚文《中国教育史纲》(正中书局股份有限公司,2001 年 12 月)第十一章"启蒙教育"(第 341~392 页),其中有"历史演变""民间启蒙教育的特征""民间主要的童蒙教材""训蒙理论的发展"等四节。

除外,李军有《一项由历史主持的汉语学习实验——对中国传统启蒙教材的认知分析》(1983 年 12 月,《孔孟月刊》,32 卷 4 期,第 11~18 页)。

2. 收集

童蒙教材,坊间尚有流传,只是这些"坊本",纸张粗劣,年代近的则是"石印本"或"铅印本",大多数都没有作者的名字,也没有序跋,因此无法查知出书的年代和作者的身世,而且各书局刊印时也没有统一的标准可以依据,所以错讹颇多。但是这些课本售价低廉,郭立诚是当时化粗劣坊本为高雅印刷本的推手。郭氏于 1980 年代初期除研究传统童蒙教材之外,编有《小四书》《小儿语》二书,计收有:《三字经》《弟子规》《台湾三字经》《人生必读》《童蒙须知》《正续小儿语》《时势三字经》《民国三字经》等书。

汉威出版社自 1980 年起印有由冯作民等人编著的"传家必读"等十四种书。

（二）大陆地区

1. 研究

大陆地区对传统教育研究最深入者，首推张志公。张氏本来是学外语的，先是学外国文学，随后转向外国语言和语言学，从 20 世纪 40 年代后期又转而研究汉语，主要是汉语语法修辞。

1954 年张氏正式参与语文教学工作。从一接触语文教学工作，即感受到研究传统语文教育的必要性。于是从 20 世纪 50 年代末期，即对传统语文教育进行系统的研究。张志公有关传统语文的研究著作有：

传统语文教育初探[M].上海：上海教育出版社,1962.

传统语文教学研究(《张志公文集》4)[M].广州：广东教育出版社,1991.

传统语文教育教材论——暨蒙学书目和书影[M].上海：上海教育出版社,1992.

传统语文教育初探[M].香港：三联书店(香港)有限公司,1999.

张志公研究传统语文教学前后可以分为两个阶段。第一阶段,20 世纪 50 年代末到 60 年代初,主要是收集传统语文教学的资料,并从传统语文教学的做法中探求几点经验,例如集中识字,阅读训练和写作训练,语文教学"过三关"(字关、句关、篇章关)。作者总结并推广这些经验,对当时的语文教学起了积极作用。这一时期研究的成果反映在 1962 年 10 月由上海教育出版社出版的《传统语文教育初探(附蒙学书目稿)》。第二阶段,1977 年至今,主要是对传统语文教学再认识,剔除封建性的糟粕,发扬符合科学的精华,探求现代化和民族化相结合的语文教学改革之路。

其后,较为系统的论著有：

浦卫忠著.中国古代蒙学教育——历代小儿启蒙教育方法[M].北京：中国城市出版社,1996.

徐梓著.蒙学读物的历史透视[M].武汉：湖北教育出版社,1996.

2. 收集

虽然,张志公的《传统语文教育初探》书末附的《蒙学书目稿》,可说是迄今为止收集整理这方面的最为详备者,可是"文革"后编辑者仍屡屡可见,其间较为完善者如下：

陆忠发,林家骊,江兴佑注.蒙学要览(全注本)[M].杭州：浙江古籍出版社,1991.

乔桑,宋洪主编.蒙学全书[M].长春：吉林文史出版社,1991.

江茂和,蔡翔主编.白话蒙学精选[M].北京：知识出版社,1991.

纪云,尔夫等编.中国民间蒙学通书[M].长沙：三环出版社,1992.

徐梓,王雪梅编.蒙学辑要[M].太原：山西教育出版社,1992.

韩锡铎主编.中华蒙学集成[M].沈阳：辽宁教育出版社,1993.

陆养涛编著.中国古代蒙学书大观[M].上海：同济大学出版社,1995.

王雪梅编注.蒙学[M].北京：中央民族大学出版社,1996.

出版社自编.中国古代蒙书精萃[M].上海：上海古籍出版社,1996.

汪泛舟编著.敦煌古代儿童课本[M].兰州：甘肃人民出版社,2000.

尚圣贤主编.中国经典蒙书集注[M].北京：华文出版社,2002.

陈才俊注译.中华蒙学精萃(上、下)[M].兰州：兰州大学出版社,2003.

三、读经与否之争

传统农业社会的中国,在一百六十多年前,遭遇到亘古所未有的挑战。这场挑战从人类历史的发展来看,历史学者、社会学者称之为现代化。这个现代化运动的特色之一是其根源于科学与技术；特色之二是其为全球性的历史活动(注三)。它是十七世纪牛顿以后科技导致的产物。所谓现代化是指传统性社会利用科技知识以宰制自然,解决社会与政治问题的过程。

中国的巨变源于1840年的中英鸦片战争,英人挟着船坚炮利,屈辱了中国,也因此产生雪耻图强的现代化运动。

读经与否,涉及层面远至现代化,近及新文化运动。当时有志之士为了让"德先生"与"赛先生"能在中国土壤安居,则主张对中国传统文化重新估值,即重怀疑与批判。于是,一方面对中国衍出疑古、"打倒孔家店"、去礼非孝、把线装书丢到毛厕去等言论;另一方面对西方则衍生"全心全意的西化"乃至有陈序经的"全盘西化"的言论。由此可知,读经与否是"去传统文化"与"西化"的关键点。

李伯棠于《小学语文教材简史》第三章中提出"小学语文教材发展史上的五次论争":

1. 文白之争。
2. 读经与否之争。
3. 鸟言兽语之争。
4. 刘(御)吴(研因)之争。
5. 文道之争。

（详见第 180~225 页）

所谓的论争,亦即是西化的倾向,西方的儿童文学由此而登陆。

虽然,在教育史上,亦曾出现过三次"读经"的逆流(同上,第 192~196 页),而 1935 年 5 月《教育杂志》也出版了"读经问题"专号,发表了 73 人对读经问题的意见,其中有陈立夫、张群、何键以及江亢虎等人,都主张青年应当读经。他们认为读经是挽救"国运"和纠正"思想"的重要方法,然而读经问题,在当时一般人看来,都早已不成问题。有关早期读经问题可参见林丽容《民初读经问题初探(1912~1937)》、陈美锦《反孔废经运动之兴起(1894~1937)》两篇学位论文。

四、读经的再现

目前,海峡两岸读经蔚为风气。其实,这种读经再现的现象,在"九·一八"事变以来,部分忧国之士以为要挽救国运,纠正思想,只有恢复民族的信心,而读经就成为恢复自信心的一种方法。因此,他们主张中小学生都应读经。也由此有了《教育杂志》的"读经问题"专号。

国民党撤退到台湾地区后,虽然有蒋中正、陈立夫对传统文化的重视,但小学读经皆不成为议题,直到王财贵出现,儿童读经才又成为话题。

王财贵,1949 年生,台湾省台南县山上乡人。1969 年台南师专毕业,1979 年台湾师范大学语文系毕业,1989 年台湾师范大学语文研究所硕士毕业，1996年中国文化大学哲学研究所博士毕业，曾任中、小学老师，大学专任讲师，鹅湖月刊社主编、社长。现任台中师院语教系副教授，华山讲堂讲经推广中心主任，民间书院院长、河洛书院院长、鹅湖月刊社编辑委员。

有关王财贵儿童读经的见解，除《儿童读经教育说明手册》外，主要见之于《读经通讯》季刊。

王财贵思考儿童读经问题已25年，家庭小规模实验也已十年以上，长期从理论与实际两面证实其可行，1994年1月正式在社会上推广，期望激起风气普遍施行。他认为：

> 所谓"儿童读经"，就是"教儿童诵读经典"的简称。什么是"经典"？又怎么"诵读"呢？而且又何必强调"教儿童"去读呢？在现代的社会中，这是颇为陌生，而令人一时难以接受的论题。其实，这是吾人祖先所行之数千年的重要教育理念，既一举而对个人与社会有多种利益，又合乎人类学习心理的自然发展，适当地恢复读经教育，是中国现今教育的新尝试与新希望。
>
> 吾人所推广的"儿童读经"理念，包含三个重点：从教材方面说，就是读"最有价值的书"；从教法方面说，就是"先求熟读，不急求懂"；从教学对象说，则以儿童为主。这样的"教材"是重要而现成的，这样的"教法"是简单而有效的，又正好配合儿童的心灵发展而"施教"。所以从一开始，吾人即相信这种教育是具有深远意义，而且又很容易推广开的。
>
> 若持续其效应，则将是"五四"以来最大的文化运动，而这却是"重新回归文化本位"的运动。回归文化本位，不是顽固，也不是墨守，而是希望保住自我传统的活力，以求更有能力深入了解他人的文化，吸收消融，两相综合会通，为人类开创更充实饱满的文化。（见《儿童读经教育说明手册》，第5~6页）

儿童读经始于民间的非正式教育活动，短时间之内却能引起相当的共鸣，其所凭借的不仅仅是有心之士的倡导，亦是各种力量的交互助澜。柯欣雅在《近十年台湾儿童读经教育的发展（1991~2001）》中，将台湾儿童教育分为三期：

理念建构期(1991~1994);

基础奠定期(1994~1997);

成长稳定期(1997~2001)。

(以上详见第39~70页)

从发展过程中,我们看到了学界的提倡、企业家的资助、官方政治力的支持,这种产、官、学的交互推波,自有其背景因素存在。洪孟君于《当代台湾儿童读经教育的理想性与局限性》论文中认为其时代背景如下:

1. 台湾儒教之兴盛。
2. 文化复兴运动。
3. 全球化的影响。

(详见第26~38页)

柯欣雅于《近十年台湾儿童读经教育的发展(1991~2001)》中分析其背景因素:

1. 社会变迁下的秩序重建。
2. 教育改革下的松绑政策。
3. 文化复兴下的同步潮流。

(详见第11~38页)

以下仅就学术界对儿童读经现象的研究略加说明。

儿童读经蔚为风气,所见虽然以主观陈述为多,但儒学或小学教学研讨会上亦时见有关儿童读经的论文。"国科会"专题研究计划有:

王财贵. 台湾儿童读经教育实施现况及其效益之相关研究. 2001. 编号:NSC89-2411-H-142-001.

翟本瑞. 儿童读经运动的教育学反省意义(Ⅰ、Ⅱ). 1999~2000. 编号:NSC88-2413-H-343-001.

至于硕士论文可见者如下:

研究生	校院名称/系所名称/学年度/学位类别/系统编号/论文名称
林丽容	台湾师范大学/历史研究所/1986/硕士 民初读经问题初探
宋新民	中国文化大学/中国文学研究所/1990/博士/79PCCU2045026 敦煌写本识字类蒙书研究
王宝彩	逢甲大学/中国文学研究所/1995/硕士/84FCU00045004 明代道德教养类蒙书之研究
邱世明	台北市立师范学院/初等教育学系/1995/硕士/84TMTC0212013 王阳明儿童教育思想之研究
王怡方	花莲师范学院/教育研究所/1998/硕士/ 儿童读经之态度、教学过程与成效之研究——以台中县三所小学为例
张心恺	台湾师范大学/历史研究所/1998/硕士/87NTNU0493010 明清时代蒙学施教所启导之文化典范与应世智能
曾蕙雯	台湾师范大学/教育研究所/1999/硕士/ 清代台湾启蒙教育研究(1684—1895)
杨旻芳	中正大学/教育研究所/2000/硕士/ 五位儿童读经教师之教学信念
张树枝	台北师范学院/课程与教学研究所/2000/硕士/ 小学儿童读经教学成效之研究
宋健行	花莲师范学院/民间文学研究所/2000/硕士/ 我国传统启蒙教材研究——以台湾地区为观察重心
张锦婷	台湾师范大学/教育研究所/2000/硕士/ 敦煌写本思想类启蒙教材研究
郭惠端	中兴大学/中国文学系/2000/硕士/89NCHU0045001 吕坤的蒙书及其童蒙教育之研究
庄荣顺	嘉义大学/教育研究所/2001/硕士/ 一个实施儿童读经班级的观察研究
柯欣雅	花莲师范学院/乡土文化研究所/2001/硕士/ 近十年台湾儿童读经教育的发展(1991~2001)
陈敏惠	屏东师范学院/教育研究所/2001/硕士/ 儿童读经实施策略之研究——以福智文教基金会为例

续 表

研究生	校院名称/系所名称/学年度/学位类别/系统编号/论文名称
韩 珩	花莲师范学院/语文科教学硕士班/2002/硕士/ 儿童读经之唐诗教学行动研究
廖彩美	台中师范学院/语文教育学系硕士班/2002/硕士/ 小学实施读经教育对提升儿童自我概念之研究
李美昭	台中师范学院/语文教育学系硕士班/2002/硕士/ 儿童读经对小学低年级儿童认字能力及汉语成绩影响之研究
洪孟君	花莲师范学院/民间文学研究所/2002/硕士/ 当代台湾儿童读经教育的理想性与局限性
江淑美	台湾师范大学/教育研究所/2002/硕士/91NTNU0331027 清代台湾客家子弟教育研究（1684～1895）

儿童读经在电子专卖店的赞助下，加上"文化总会"于1997年开始推动儿童读经，并举办研习，外加叶嘉莹"渗透性"学习法的旧诗吟诵教学（注四），以及南怀瑾在全球推动儿童经典教育，儿童读经正以如火如荼之势影响着华人社会，似乎有意以"经典"来联系全球华人之心。（注五）

五、结　　论

当代儿童读经教育之所以会在台湾地区兴起，表示台湾有其特殊的背景。而读经可以突破地缘限制，快速扩充到全世界的华人圈，也代表这个时代有接纳它的特质。可是各界却似乎缺乏该有的认识。申言之，儿童读经的问题，不再是记忆或理解之争，而是在于"重新回归文化本位"的运动，亦即是对全球化或殖民文化的反扑。吉妮特·佛斯（Jeannette Vos）、高顿·戴顿（Gordon Dryden）在《学习革命》（The Learning Revolution）中认为塑造明日世界有十五个大趋势，其中之十是"文化国家主义"。他们说：

当全球愈来愈成为一个单一经济体，当我们的生活方式愈来愈全球化，我们就愈来愈清楚地看到一个相反的运动，奈斯比称之为文化国家主义。

"当世界愈来愈像地球村,经济也愈来愈互赖时,"他说,"我们会愈来愈讲求人性化,愈来愈强调彼此间的差异,愈来愈坚持自己的母语,愈来愈想要坚守我们的根及文化。即使是欧洲由于经济原因而结盟,我仍认为德国人会愈来愈德国,法国人会愈来愈法国。"

再一次的,这其中对于教育又有极为明显的暗示,科技愈加发达,我们就会愈想要抓住原有的文化传统——音乐、舞蹈、语言、艺术及历史。当个别的地区在追求教育的新启示时——尤其在所谓的少数民族地区,属于当地的文化创见将会开花结果,种族尊严会巨幅提升。

（见1997年4月中国生产力中心出版,林丽宽译,第43~44页）

本土化、国际化,皆不悖离多元化。而所谓多元化、本土化的主张,不是口号,是趋势。经历长期的努力,我们已经有了对台湾与本土文化自然的情感。其实自20世纪60年代末期起,有愈来愈多的作家、学者对另一种殖民行为——新殖民主义,尤其是美国好莱坞文化及其商品侵略——开始注意。针对新旧殖民经验,如何界定自己本土文化,珍视传统文化再生的契机及其不同之处,便成为刻不容缓的课题。

翟本瑞于《正式教育与非正式教育：儿童读经运动的教育社会学反省》的"小结"有云：

以美国为例,大学教育中关于经典课程的设计就有几套不同的系统。1952年芝加哥大学校长赫钦森（R. M. Hutchins）主导,阿德勒（M. J. Adler）等人编辑五十四巨册的《西方经典集成》（Great Books of the Western World）,深受学界欢迎,最近又刊行新版,可见即使历史不过两百年的美国社会,对于西欧两千多年的经典传统,仍是抱持着肯定的态度。

我们虽然不必故步自封,认为所有经典文字都不易不移,当作《圣经》膜拜,但对于累积数千年的智慧也不当一笔勾销弃之如敝屣。经典教育对于这一代的知识分子,应该是具有相当大反省意义的。

在教育改革的大环境中,儿童读经无疑是最不起眼,但也最实在的改革。它简单可行,又不花什么钱,但成效却相当显著。然而,正因为它简单又不花钱,反而没有成为注意的焦点,总把读经当作课外活动看待,只是儿童消磨时间的活动。单就此点,正足以说明教改的重点应该在于态度上的转变，而不只是制度上的改革，忽略了在观念上的转变，不去反省既有教育理论的限制，只将着眼点放在小班小校、将每个孩子带上来、"国中"设置辅导老师等项上，再怎么重视教育改革其成效仍将相当有限。

唯有在观念上有所转变，了解到儿童学习能力与限制，我们才能真正面对教育目的来设计合适的教育体制。只要观念上转变，读经很容易被纳入到正式教育的环节中来，与许多并无实效的课程安排相较，读经可能就显得更有意义了，这时，读经活动虽然不是教改的全部，但却最能提醒我们真实地反省教育的问题。

在观念上和课程设计上，我们都只差这么一小步，但这一小步，却好像一道无法跨越的鸿沟！（第80~81页）

如何珍视自己的文化传统，并重视其主体性与自主性，这是儿童读经运动给予我个人最大的省思，试问参与教改的衮衮诸公，心中可有传承与文化？正如翟本瑞所言："在观念上和课程设计上，我们都只差这么一小步，但这一小步，却好像一道无法跨越的鸿沟！"我们果真失去记忆，失去历史？我们不需要全部儿童都读经，我们也不要再做文化殖民，我们要的是有文化传承的学习。展望台湾地区未来的文化，在全球多元共生与众声喧哗中，可见我们的记忆与历史，更见我们的主体性与自主性。

附　　注

注一、有关蔡元培废经见《儿童读经教育说明手册》，第7页。

注二、苏尚耀有关蒙书论述见1976年5月文史哲出版社《中国文字学丛谈》第3页。

注三、见《金耀基社会文选》，第3页。

注四、见2000年6月桂冠图书股份有限公司《迦陵论诗丛稿（上）》，第161~219页。

注五、见柯欣雅《近十年台湾地区儿童读经教育的发展（1991~2001）》，第120页。

参考书目（文中已列举且数据完整者不列）

一、论述

郭立诚.小四书[M].台北：号角出版社,1983.

郭立诚.小儿语[M].台北：号角出版社,1952.

李伯棠.小学语文教材简史[M].济南：山东教育出版社,1985.

高明士.中国教育制度史论[M].台北：联经出版事业公司,1999.

高明士.中国传统政治与教育[M].台北：文津出版社有限公司,2003.

中华文化复兴运动总会台湾省分会主办.全国儿童读经班教师研习手册.（时间：1999年2月11日~13日、1999年2月16日~18日,地点：南投县日月潭青年活动中心）

ICI国际文教基金会.儿童与经典导读[M].台北：老古文化事业股份有限公司,2002.

王财贵.儿童读经教育说明手册[M].台中师院语教系研究中心宗教哲学研究社华山讲堂.

金耀基.金耀基社会文选[M].台北：幼狮文化事业公司,1985.

张志公.张志公自选集（上册）[M].北京：北京大学出版社,1998.

林文宝.历代启蒙教材初探[M].台北：台东师范语教系,1995.

蔡元培.读经问题[M].香港：龙门书店,1966.

二、学位论文

陈美锦.反孔废经运动之兴起（1894~1937）[D].台湾大学历史研究所硕士论文.1991.

林丽容.民初读经问题初探（1912~1937）[D].台湾师大历史研究所硕士论文.1986.

三、单篇论文

李军.一项由历史主持的汉语学习实验——对中国传统启蒙教材的认知分析[J].孔孟月刊（第32卷第4期）,1993.11.

翟本瑞.正式教育与非正式教育：儿童读经运动的教育社会学反省（见《教育与社会：迎接信息时代的教育社会学反省》）[M].台北：扬智文化事业

股份有限公司,2000.

张怡真,蔡秉伦,王建尧.目前儿童读经运动之探讨[J]."国教"之声(31卷第1期),1997.

叶嘉莹.谈古典诗歌中兴发感动之特质与吟诵之传统(迦陵论诗丛稿(上))[M].台北:桂冠图书股份有限公司,2000.

朗诵及其基本腔调

朗诵是人类的语言行为，其起源应始于先民。周礼大司乐：

> 以乐语教国子：兴、道、讽、诵、言、语。（见艺文版十三经注疏本，周礼卷二十二，第337页）

郑玄注：

> 兴者，以善物喻善事。道读曰导，导者，言古以剀今也。倍文曰讽。以声节之曰诵。发端曰言。答述曰语。（同上）

郑玄对"兴、道、讽、诵、言、语"的解释，实在不足以说明什么是乐语。所谓乐语，当是有其腔调，它既不同于音乐的唱，也不会同于说话，或许是从歌脱化而出。《汉书·艺文志》引传云：

> 不歌而诵谓之赋。（见鼎文版汉书册二，第1755页）

而"赋者，古诗之流也"，可知朗诵与文学作品息息相关。文言时代，朗诵虽然无助于说话的学习，但却有助于写的练习，所以文言时代很重视朗诵，尤其是古文，更重视朗诵，他们认为非高声朗诵则不能得其雄伟之概，非密咏恬吟则不能探其深远之趣。因此从前的私塾，老师照例范读，学生循声朗诵。早年学校里教古文，也还是如此。五四以来，中等以上的语文教学不兴这一套；仅小学里语文还用着老法子。而学校的课本，也由早期的"读本"，改为"语文讲义""语文选"，或干脆只用"语文"二字。总之，对朗诵功夫渐渐不讲求了。其实就语文心理而言，中国及日本的小孩在初学文字时，比较难达到形→音转换的自动化，因此我们小时候念书都要以"朗读"来增强我们的学习。

而后，白话时代来临，朗诵不但可以帮助写，还可以帮助说，而说话也可以帮助写。于是使人感到朗诵的重要，可是大家都不知道白话文应该怎样朗诵才好。个人在这方面做试验的，1926年左右就有了。1931年以后，朗诵会常有了，朗诵广播也有了。抗战以来，朗诵成为文艺宣传的重要方法，自然更见流行了。其间有黄仲苏的《朗诵法》（开明书店，1936年7月）为朗诵开理论研究之先。1936年11月洪深新著《戏的念词与诗的朗诵》，由大地书屋出版后仅仅一个月，适逢在台湾地区从事于汉语推行工作的一帮人，深感朗诵的迫切需要。于是北京大学中国语文系教授们，立即起了反应，在1936年12月13日举办了一个"诵读方法座谈会"，当时出席发言者，有黎锦熙、朱光潜、冯至、顾随、朱自清、游国恩、魏建功、孙楷第、郑天挺、周祖谟、徐炳永、毛准、潘家洵等，皆当世知名之士。1937年夏，傅庚生、邢楚均分别写了两篇论文，发表在《"国文"月刊》(56期、57期)，可以作为1936年那次座谈会的辅助读物（座谈会记录见《语文月刊》52期）。这个时期，真正为朗诵奠定基础理论，并影响至今者，不得不首推朱自清。其有关朗诵论文可见如下："论朗读""论诵读""论朗诵诗""朗读与诗""诵读教学与文学的汉语"（以上皆收存于《朗诵研究论文集》一书）。

而后对于朗读的理论与实际，并未有所进展，虽然台湾地区语文竞赛里有朗读的项目，但对于朗诵的推广并没有帮助。其间所谓的朗诵仅止于新诗而已。反观香港的中文朗诵活动，自1970年起已由略具规模逐渐发展起来，本来属于学校音乐节的中文朗诵项目，在容宜燕先生的建议与争取下，与音乐比赛取得了同等比重地位。

而中小学的语文教学，亦仅止于阅读的"朗读"与"默读"而已，对朗诵的推广也没有帮助。

直到1976年，始有邱燮友教授指导师大语文系学生录制唐诗的朗诵，邱教授指导录制的朗诵录音带有：

《唐诗朗诵》(1976.6)

《诗叶新声》(1978.10)

《唐宋词吟唱》(1979.10)

《散文美读》(1971.1)

（以上皆由东大图书公司印行，录音带两卷、书一本）

台湾地区中小学学校教师研习会数据中心出版有：《中国诗歌朗读示例》（张博宇编写，何容校订，1979.12）。

至此，朗诵可说立下了规范。至1981学年度，"台湾省教育厅"指示各县市教育辅导团加强中小学诗歌朗诵教学，以涵养德性、变化气质。可是所谓的诗歌朗诵，皆属歌唱而已，为诗歌朗诵教学应时而出版的古体诗录音带有：

《儿童唐诗吟唱集（第一集）》(无缺点出版社，1982.11)

《诗歌吟唱》(华文唱片文具行，1983.1)

《中国诗词吟唱（唐诗部分）》(华一音乐视听中心，1983.1)

《中国诗乐之旅》(幼福文化事业公司，1983.1)

其中《儿童唐诗吟唱集》《儿童诗歌吟唱》可以不论，而华一音乐视听中心出版的《中国诗词吟唱》，唐诗部分，收唐诗六十首，录音带八卷。四卷是美读与吟唱，另四卷是歌唱，不论吟唱与歌唱，皆用相同的曲调。吟唱说明一本，由许汉卿先生指导，凌晨说明，并引导儿童美读。所收吟唱调有：鹿港调、宜兰酒令调、福建流水调、歌仔调、黄梅调、闽南调以及江西调、天籁调。编制的方法是沿袭邱燮友的路子。其间所谓的吟唱,即是指用固定的调子加以唱,事实上已不是吟,已类似清唱,或如西洋歌剧中的吟唱调。一般说来,编制有失草率,并未能有胜邱燮友采录之处。若说有可取之处,则在于通俗而已。

至于《中国诗乐之旅》的录制,可说华丽之至。包括演唱曲录音带五卷,而演唱者除个人外,另有原野三重唱、中山儿童合唱团、松江儿童合唱团;演奏曲录音带五卷。又有"诗之造境",画册一本,"诗乐飘香"一册,计谱唐诗新曲七十二首,售价高达二千二百八十新台币。许常惠为"写在〈中国诗乐之旅〉出版之前"说:

> 我相信这一套"中国诗乐之旅"必能获得关心中国音乐与儿童教育的社会大众的欢迎,并且带给我们未来音乐文化的发展希望与光明。(见《诗乐飘香》序)

温隆言在《为〈中国诗乐之旅〉的出版喝彩》里,认为有以下几点意义与创见:

一、策划时间长达三年,态度严谨。
二、以音乐配合诗与王凯的画,确是做到声、韵与美的独特造境。
三、让中国的传统文化能深入浅出地介绍给读者。
四、尝试以诗成为中国人生活的一部分。
五、由林绿博士的英译可看出进军国际文坛的雄心。
六、为消沉与眼盲的软件业界带来一股新生的冲击。
七、帮助国人对传统的诗再认识。

(见《诗乐飘香》序)

又该制作总编辑陈宁贵在《从传统到现代》一文里,曾说明对谱曲的看法:

> 要为唐诗谱曲,当然不得不研究中国传统的吟唱调,现今在台湾一般流行的曲调有五种:① 天籁调② 宜兰酒令③ 福建流水调④ 恒春调⑤ 江西调——这五种调性都受南方戏曲影响,比较靡丽,并不见得都适合唐诗的吟唱,有许多唐诗较为豪放,非运用北方(如山东)调吟唱,否则无法表

现出其真味。譬如我曾听过有人用宜兰酒令吟唱唐诗《塞下曲》——月黑雁飞高,单于夜遁逃。欲将轻骑逐,大雪满弓刀。——用南方曲调吟唱北方背景的诗,显然并不理想。吾友青年作曲家高明德,与我谈起这件事,他感到非常不满,认为这种事的发生极令人痛心;因此他有意将多年采集到的北方曲调公诸于世,我想这对国内传统诗的研究者,大开了一道方便之门,使之免除许多不必要的错误。他为了实现这个理想,于年前邀集了作曲家温隆俊、尹宏明等,组成"中国诗乐之旅"制作小组,特别选了七十二首家喻户晓的唐诗予以谱曲,他们运用中国南北方的曲调加上作曲经验,制作了十卷录音带,即将在市面发行。我试听过好几首诗歌,如崔颢的《长干行》:君家何处住,妾住在横塘。停船暂借问,或恐是同乡。家临九江水,来去九江侧。同是长干人,生小不相识。采用问答方式作曲,前奏运用琵琶和流水声表现。主旋律分成三段,前段由女歌手唱出爱慕与羞怯的女子情怀。第二段以赵燕黄梅调式,表现男子豪爽的个性。第三段齐唱,歌声最后渐去渐远,表现出归属的同乡情绪。

(见1983年1月、12月《台湾时报·副刊》)

该公司为配合市面发行,曾举办演唱会。但聆听录音带与观赏书册之余,除赞叹魄力之外,令人激赏之处,并不如前列诸君所言。又歌林公司,推古词新曲《淡淡幽情》唱片一张,采用唐诗宋词,谱以现代歌谱,由邓丽君主唱,据《"中央"日报·第七版》报道,该唱片在香港推出两三天,销路已打破三万张,而目前在台湾地区也颇流行。借流行歌曲的推波助澜,或可使唐诗宋词满天飞。前日(一九八三年四月十五日《台湾时报》)见报载成功大学中文系教授李勉历经千辛万苦的发掘考据,终于又现"宋词古唱",实际情况未见,不敢置评。个人所知,如今可见之古谱,如朱熹的《开元诗谱》、姜夔的《白石道人俗字谱》、魏浩的《魏氏乐谱》、允禄等编的《九宫大成谱》、谢元淮的《碎金词谱》、王季烈、刘富梁合纂的《集成曲谱》、王季烈的《与众词谱》,此外,民间诗社传唱的曲谱,别有风格。又今人顾一樵整理有《宋词歌谱四十五调》与《唐宋歌谱二十五谱》。当然,诗歌与音乐是可行的途径,但出版界如果真是有心的话,或许可先录制前辈作曲家所谱的出色唐诗演唱曲,成果或许会好些。

总之,就目前所见有关古体诗吟、唱的录音带而言,就传统方式而言,仍以邱燮友所采录的为最好。至于创新曲部分,亦未有超越前辈作家,我们只能再拭目以待。

诗歌朗诵教学之所以流为歌唱,乃是对朗诵没有正确的认识所致。因此,我们认为对于朗诵应有下列的认识：

一、朗诵不是歌唱：朗诵是语文的活动，歌唱是音乐的活动。如果把诗文谱曲，用以歌唱，这是音乐教师的责任，已不属于语文活动的范围。

二、朗诵是属于口头传播，同时更是属于完整的语言行为。

一般说来，完整的语言行为，包括书写语言、口头语言及肢体语言。因此朗诵是属于完整的语言行为。

三、朗诵的特质在于声律，而声律在于节奏。节奏就诗文而言是音节，而音节在于平仄。也就是说语音声调中最概括、最起码的单位是平仄。因此我们可以说平仄的排列是诗文声律最基本的法律。又节奏大致可分为两种：一种是语言的、自然的和个别的；另一种是文章的、音乐的和形式的。前者的节奏音节是以意义为单位，适用于语体诗文，就朗诵腔而言是"读"与"说"。后者的节奏音节是两字为一节，适用于文言诗文，就朗诵腔而言是"吟"与"诵"。

四、朗诵的基本关键，在于有正确的句读。能有正确的句读，才能理解文意，能理解文意，自然能把握住诗文之停逗和抑扬顿挫。其实这种诗文之停逗和抑扬顿挫，就是标点符号的作用。

语文教育，不能只教"动手"，不教"动口"；处理教材，不能只知训诂，不理朗读。事实上，一篇文章，朗诵得宜，讲解的效果，就已收到一半。因此，朗诵的本质是语文教学的一环，这种口才训练的朗诵，不但能增加语文活动的多元化，同时也有助语文的了解和写作能力的提高。

申言之，朗诵不但是语文教育的一环，同时就表演方面而言，它更是一门艺术，完整型态的朗诵是由朗诵材料、朗诵者、听众三方面组成的。而其基本原则是腔调的应用，以下略述朗诵的基本腔调：

朗诵的腔调，一般认为可分为两种，即"吟诵法"与"台词诵法"。吟诵法又称"吟哦式"或"韵律诵法"；台词诵法有称为"语读式"。吟诵法特重四声，有时不顾语法，声音旋转有韵。台词诵法，特点是以语法和口语为基调。

而黄仲苏先生在《朗读法》里，则把朗诵腔调分为四大类：

（一）诵读　诵谓读之而有音节者，宜用于读散文。如四书、诸子、左传、四史以及专家文集中之议、论、说、辨、序、跋、传记、表奏、书札等等。

（二）吟读　吟，呻也，哦也。宜用于读绝诗、律诗、词曲及其他短篇抒情韵，又如诔、歌之类。

（三）咏读　咏者，歌也。与咏通，亦作永，宜用于读长篇韵文，如骈赋、古体诗之类。

（四）讲读　讲者，说也，谭也；说乃说话之说，谭则谓对话，宜用于读语体文。（以上见原书第126~128页。本文录自《朗诵研究论文集》第156页）

而朱自清先生在《论朗诵》一文里说：这四分法黄先生说是"审辨文体，并依据《说文》字义及个人经验"定的。按作者所知道的实际情形和个人的经验，吟读和咏读可以并为一类，叫做"吟"；诵讲该再分为"读"和"说"两类，诵读照旧，只叫做"诵"。

以下依照黄仲苏、朱自清两先生说法依项说明：

甲、吟

吟是将文章音乐化，音乐化可以将意义埋起来；或使意义滑过去。六朝时佛经"转读"盛行，影响诗文的朗读很大。沈约等发现了四声，于是乎朗读转变为吟诵。到了唐朝，四声又归纳为平仄，于是有了律诗。这时候的文章也愈见入耳。这种律诗与入耳的骈文，可以称为谐调，也是语言本身的一种进展。就诗而论，这种进展是要使诗不经由音乐的途径，而成为另一种"乐语"，也就是不唱而谐，因此吟特别注重音调节奏。吟的原则是按二字一拍、一字半拍停顿，每顿又都可以延长字音。赵元任在"新诗歌集"里说过，因字数固定，平仄谐畅，各地的腔调相近。而吟古诗、吟文就相差得多，因为古诗和文，平仄没有定律。这种吟法有人称它为摇头晃脑，头壳打圈子，有时可以随意拉长腔子，甚至加上无限的泛声。

乙、诵

以声节之曰诵，诵不仅是背文而已，可见古代的诵是有腔调的，目前腔调虽不可知，但"长言"或"永言"，就是延长字音的部分。以前私塾儿童诵读《百家姓》《千字文》《龙文鞭影》以及"四书"等腔调，大致两字一顿，每一停顿处字音稍稍延长；又有一字一顿的。两字一顿是用在整齐的句法上，一字一顿是用在参差的句法上。前者是音乐化，后者逐字用同样强度诵出，让儿童记清一个字的形和音，像是强调的说话，这后一种诵，机械性却很大，不像说话那样可以含糊几个字甚至吞咽几个字，反而有姿态、有味。目前小学生读汉语教科书的腔调,即是诵,郑大挺记忆黄季刚等人的念书腔调,亦属诵。

试引录如下:

  以为从前的文人朗诵诗文,实际上是有个腔调的,不过因地、因人、因文互有差异而已。我小时生长在北平,初念国文并没有特殊的腔调,如《三字经》《百家姓》以及《论语》都只以语音本调一字一字规规矩矩地念。不过读到《孟子》,如"梁惠王"章,就渐需要腔调,然而字音仍不离语音。入中学后,国文先生是桐城马氏,他念古文很讲究,听起来令人神往。到北大后,才晓得黄季刚先生念书有自创的特别腔调,当时名之曰"黄调",至今罗膺中先生和陆颖民先生都仍善效"黄调";由此也可以知道各人自有其念书的腔调。黄晦闻先生讲诗并不朗读,不能知道他的腔调。碰见任何妙的句子,他只反复念之而已。沈君默先生亦大致如此。我诵读教育的师承不过如此。(见《朗诵研究论文集》第109~110页)

丙、读

  读,是用说话的语调去读。一般说来,读只是读,看着书自己读,看着书听人家读,只要做过预习的功夫,当场读得又得法,就可以了解的,用不着再有面部表情或肢体动作,是注重意义。宣读文体就是用说话的语调。读虽然用说话的调子,可是究竟不是说话。读比不上说话的流畅,多少要比说话做作一些。读,第一要口齿清楚,吐字分明。读之所以比不上说话,那是因为古代诗文并非语文一致。而现代的散文、新诗,也并非是口语,其语言有欧化、古代文言等,并不可能顺口说出。从前宣读诏书,现在法庭里宣读判词,都是读的腔调。读注重意义,注重清楚,要如朱子所谓"舒缓不迫,字字分明"。不管文言、白话,都用差不多的腔调。这里面也有抑扬顿挫,也有口气,但不颠着;每字都该给予相当分量,不空滑过去。整个的效果是郑重、平静的。现在读腔是大行了,除恭读"国父遗嘱""蒋公遗嘱"外,还有青年守则。青年守则要求听众须循声朗读。一切应用的文言都只宜于读。

丁、说

  说是指照最自然最达意的语调的抑扬顿挫来说的,也就是本于口语,只要说就成。而事实上口语和文字究竟很难一致。一般说来，戏剧是预备演，所以他的对话是最自然的，非用口语不可。戏剧虽然不只是预备说的，但既然是最自然的对话，当然最合适于说；要训练说腔，戏剧是最合适的材料。小说和散文虽然也有对话，可是口语比较少。因此此语体诗文还是以读为主腔，说是辅腔。总括以上四种腔调，吟、诵即属吟诵法；读、说即属台词诵法。前者适用于古诗文，其吟、诵关键在于"两字为一节"与"平仄"上。后者适用于语体的诗文，而朗诵重点在于以意义单位为主的音节上。其中"读腔"亦可适用于古诗文。又朗诵时，除"说腔"外，皆以读"读音"为主。

申言之，朗诵的腔调可交互应用，其原则端视应用之妙。朗诵是声音的艺术，声音的出版，也是声音的雕刻。在以前朗诵是属于时间的艺术，朗诵后便消失，无法重现；如今科技的进步，已能将音、仪态、动作全部过程记录下来。因此，朗诵不妨用录音机或录像机；不断地改正和尝试，便可以发现怎样的朗诵，才最有效果，最为成功。

参考书目

一

罗首庶. 朗诵与语文教学之研究. 环球书局.
简铁浩. 朗诵研究论文集. 香港嵩华出版事业公司.
谢云飞. 文学与音律. 东大图书公司.
李振邦. 中国语文的音乐处理. 天主教教务协进会出版社.
启功. 诗文声律论稿. 明文书局.
王力. 古汉语通论. 泰顺书局.
王力. 中国诗律研究. 文津出版社.
王忠林. 中国文学之声律研究. 台湾师范大学.
史惟亮. 音乐向历史求证. 台湾中华书局.
陆云逵. 古律诗歌声调学. 中国礼乐学会.
诗词曲研究. 庄严出版社.
张正体. 诗学. 商务人人文库.
张正体. 词学. 商务人人文库.
张正体. 曲学. 商务人人文库.
汪经昌. 曲学例释. 台湾中华书局.

冯书耕,金伋千. 古文通论. 云天出版社.
陈伟. 文气衍论. 枫城出版社.
罗青. 从徐志摩到余光中. 尔雅出版社.
萧萧. 现代诗入门. 故乡出版社.
郭绍虞. 诗文通论(正续编合订本).

二

顾一樵. 唐宋歌谱二十五调. 台湾商务印书馆.
顾一樵. 宋词歌谱四十五调. 台湾商务印书馆.
赵元任. 新诗歌集. 台湾商务印书馆.
钟梅音. 黄友棣艺术歌曲(唱片由人人音乐事业公司出版). 撰述与出版.
杨弦的歌(有录音带一卷). 洪建金教育文化基金会.
邱燮友. 唐诗朗诵(录音带两卷). 东大图书公司.
邱燮友. 唐宋词吟唱(录音带两卷). 东大图书公司.
邱燮友. 诗叶新声(录音带两卷). 东大图书公司.
邱燮友. 散文美读(录音带两卷). 东大图书公司.
张博宇. 中国诗歌朗读示例(录音带壹卷). 板桥研习会.
小朋友读唐诗(录音带壹卷). 华一书局.
儿童诗集(录音带壹卷). 大溢出版社.
儿童唐诗吟唱集(录音带壹卷). 无缺点出版社.
儿童诗歌吟唱(录音带壹卷). 华文唱片文具行.
许汉卿. 中国诗词吟唱(唐诗部分)(录音带捌卷). 华一音乐视听中心.
中国诗乐之旅(录音带拾卷). 幼福文化事业中心.

三

唐钺. 散文节拍觕测. 见人人文库本《国故新探》第73~80页.
夏丏尊. 书声. 见开明本《文心》第91~102页.
梁容若. 从读音谈到朗诵. 见"国语"日报本《汉语与语文》第19~24页.
梁宜生. 谈朗读. 见学生版《汉语教学丛书》第95~100页.
朱光潜. 散文的声音节奏. 见开明版《谈文学》第96~106页.
朱光潜. 诗与乐——节奏. 见正中版《诗论》第109~124页.
朱光潜. 中国诗的节奏与声韵的分析(上)论声. 见正中版《诗论》第142~161页.

朱光潜.中国诗的节奏与声韵的分析(中)论顿.见正中版《诗论》第 162~172 页.

朱光潜.中国诗的节奏与声韵的分析(下)论韵.见正中版《诗论》第 173~182 页.

顾大我.谈诗歌的朗诵.一九七四、十二、三十"中央"副刊.

罗青.诗的声音出版.一九七八、三.《幼狮文艺》第二九一期.第 127~141 页.

葡萄园诗刊六十四期(朗诵诗专号).一九七八、九.

黄静华.唐诗朗诵的方法.一九七九、十二."训育研完"十八卷三期.第 23~25 页.

朗诵诗声音的出版(计六篇).一九八一、六、六联副诗人节特辑.

曾永义.语言与音乐的融合.联副一九八二、五、十一.

陈宁贵.从传统到现代(对"诗歌"结合的一些感想).一九八三、一、十六.台湾时报副刊(见 1983 年 5 月台东社教馆《台湾省东区文艺研讨会论文集》,第 21~42 页).

台湾地区儿童"诗教育"

一、前　　言

十五年前，林钟隆在诗刊《笠》上发表《台湾儿童诗的形成与现况》一文（详见1986年4月132期，第93～109页），文中指名道姓且就当时各大报儿童副刊所刊登童诗加以评论。此文一出，颇引争端。

去年，刘凤芯在编选1988～1998年儿童文学论述选集，提及《童诗、童谣、儿歌》部分云：

> 台湾这几年在推广儿童文学和小学语文教育的结合上，童诗、童谣、儿歌的写作或赏析一直是各方力倡的焦点（虽然在着力点上不一定必然切中诗的特质），但是在论述层面上，却不见有深度的讨论，即使连教学运用也少有概念上的突破或有系统的整理、陈述。笔者所搜集到的文章反映出的现象是目前的童诗、童谣、儿歌讨论仍停留在讨论如何选择儿童诗，而即使这类讨论亦嫌破碎。同时，在讨论内容上亦落入与童话讨论类似的问题，即在定义和类型上打转而难有突破。其实这类问题应该一并用维根斯坦（一九九六年）所提出的"家族相似性"（family resemblance）来解释，便可以跨越定义上的困境；维氏所谓的家族相似性指的是家族成员间各式各样的相似性，如身材、相貌、眼睛颜色、身形、个性等或有不同，也就是即便这些家族成员间各式各样的类似性有所重叠或交叉，但其相似性仍足以让外人将这些成员归类成同一家族。（见2000年6月幼狮文化事业股份有限公司出版的《摆荡在感性与理性之间》，第234页）

笔者早年亦曾致力于儿童诗歌的教育与论述。长期以来专注于台湾地区儿童文学的发展与演进，并策划1945～1998儿童文学选集的编选工作。姑不论林钟隆是否有失公允，个人认为其《前言》有一段话颇为中肯，他说：

> 台湾的儿童诗，发展到现在，已形成了一种模式；而这种模式，已逐渐引起读者，特别是识者的厌恶，非改弦易辙不可。要突破现状，史的了解是很必要的基础。因此，回顾台湾儿童诗的发展轨迹，是一种必要的工作。（第93页）

其实,何止"史的了解是很必要的基础",或许文学知识的具备也是不可或缺的。

如今,有机会再重新检视儿童诗教育,自当不离儿童诗歌的发展与事实。谈台湾地区的儿童诗歌,不论从横断面谈创作欣赏与批评;或纵断面谈缘起演进与发展,皆不离教育或教学。本文虽名之为儿童诗歌或诗教育,但行文要以儿童诗为主,因为在整个过程中儿歌(或童谣)似乎形同缺席。又论述对象则是以小学阶段为主。

二、儿童诗歌与教育

儿童文学是缘于教育儿童的需要。因此,儿童文学的特殊性是由其特定的读者对象所决定的。儿童文学本身就是文学上的年龄特点,三岁至十五岁的儿童,他们在生理、心理与社会发展状况有明显的特征,而其中又以教育性、游戏性最为显著。

(一)教育

儿童诗歌是儿童文学中的一种文类,它与教育亦是息息相关。

透过历史的考查,我们知道我国的诗教可说是源远而流长,所谓诗教温柔敦厚是也。朱自清在《诗言志辨》一文里曾认为"诗言志"的历程是:

> 献诗陈志,
> 赋诗言志,
> 教诗明志,
> 作诗言志。

(见1977年4月河洛版《朱自清集》,第1119~1162页)

所谓诗言志,其实就是诗教;古有采诗之官,《诗经》的编录,原有讽谏教戒之意,但《诗经》编录之后,士大夫为宴游歌咏之需,随即成为上层社会传习的教科书,风行于当时的政治社会,至孔子以五经教学生,弟子三千,即为教诗明志,《论语》里提到诗的有:

诗三百,一言以蔽之,曰:思无邪。(为政篇)

不学诗无以言。(季氏篇)

诵诗三百,授之以政,不达,使于四方,不能专对,虽多亦奚以为?(子路篇)

诗可以兴,可以观,可以群,可以怨。迩之事父,远之事君。多识于鸟兽草木之名。(阳货篇)

兴于诗,立于礼,成于乐。(泰伯篇)

……

孔子对古代文化,包括春秋时代贵族间的文化,做个总结、阐述、提高的工作,就经学而言,有下列三点决定性的基础:

1. 他把贵族手中的文化及文化数据,通过他的"学不厌,教不倦"的精神,既修之于己,且扩大之于来自社会各阶层的三千弟子,成为真正的文化摇篮,以弘扬于天下,成为尔后两千多年中国学统的骨干。

2. 孔子说"兴于诗,立于礼,成于乐",把诗礼乐当作人生教养进升中的历程,这是来自实践成熟后的深刻反省,所达到的有机体的有秩序的统一。

3. 从《论语》看,他对《诗》《书》《礼》《乐》及《易》,作了整理和价值转换的工作,因而,注入了新的内容,使春秋时代所开辟出的价值,得到提高、升华,因而也形成了比较确定的内容与形式。(见1982年5月学生版徐复观著《中国经学史的基础》,第7~8页)

孔子说"吾自卫反鲁,然后乐正,雅颂各得其所"(子罕篇),恢复以乐配诗的原有的合理状态。这是他对《诗经》所作的重要整理工作。由于《诗经》在春秋时代的盛行,《诗经》对人生所发生的功用,当时的贤士大夫已经感受到。但一直到孔子提出"诗可以兴,可以观,可以群,可以怨,迩之事父,远之事君,多识于草木鸟兽之名"(阳货篇),诗对人生、社会、政治的功用才完全显现出来,而孔子的诗教,屈万里认为有三点:

1. 用诗涵养性情,以为修身之用。2. 藉诗通达世务,以为从政之用。3. 用诗来练习辞令,以为应对之用。至于多识草木鸟兽之名,那可以说是其余事了。从孔子以后,到秦始皇以前,谈诗的人,大都不超过这个范围。(见1967年10月新一版华冈出版部《诗经释义》(一),第22页)

至《礼记·经解篇》则有"诗教"一辞出现。

> 孔子曰：入其国，其教可知也。其为人也温柔敦厚，诗教也。疏通知远，书教也。广博易良，乐教也。絜静精微，易教也。恭俭庄敬，礼教也。属辞比事，春秋教也。故诗之失愚，书之失诬，乐之失奢，易之失贼，礼之失烦，春秋之失乱。
>
> 其为人也，温柔敦厚而不愚，则深于诗者也。疏通知远而不诬，则深于书者也。广博易良而不奢，则深于乐者也。絜静精微而不贼，则深于易者也。恭俭庄敬而不烦，则深于礼者也。属辞比事而不乱，则深于春秋者也。（见世界书局《礼记集说》，第273页）

所谓"温柔敦厚"是诗教，并为我国后世衡量文学作品的标准，影响最为深远。

我国历代启蒙教材，亦皆以韵文编写，即取其易记与渐入之效。及至清末，新教育开始公布实施，在新教育的发展过程中，历受日本、德国、英国、美国的影响，在各种外来潮流的冲击下，一直未能建立一套属于自己的教育制度，当然诗教亦不易推广。但是，我们的小学课程标准中有关"国语"科韵文亦有一定的比率：

学年百分比类别	第一学年	第二学年	第三学年	第四学年	第五学年	第六学年
韵文	四〇	三五	二〇	二〇	一五	一〇

（见1975年8月正中书局《小学课程标准》，第89~90页）

所谓韵文，亦即是诗歌。就小学而言，诗歌虽有古今之分，要皆以今为主，亦即所谓的儿童诗歌是也。

（二）正名

时下对儿童诗歌一词，常见的用词有：童诗、儿童诗、儿童诗歌、童年诗、儿歌、童谣。个人以为"儿童诗歌"一词较为合适。儿童诗歌一词疑为王玉川先生首先采用，他在《谈儿童诗歌》一文里说：

> 首先我得把"诗歌"这两个字的意思确定一下。照我的理解，"诗歌"并不是两种东西，我们以为"诗歌"和"诗篇"一样，都是指的"诗"。为什么不单说"诗"而说"诗歌"或"诗篇"呢？这是中国语言进化的一种新趋

势——由单音词变为复音词。例如"窗户"只是窗,并不是"窗"和"户","眼睛"只是"眼",并不是"眼"和"睛"。同样,"诗歌"只是"诗",并不是"诗"和"歌"。如果有人不同意我这个解释,那也没有关系。至少这可以表明我这篇文章的范围,只谈"诗"不谈"歌"。(见 1965 年 4 月小学生杂志社《儿童读物研究》,第 153 页)

个人认为今日的儿童诗歌,理当包括"儿歌(或童谣)"等歌谣在内,因此所谓的儿童诗歌,亦当收容音乐性较高的"歌谣"在内。今日讨论儿童诗歌的人,却很轻易的把"儿歌"或"童谣"摒弃于门墙之外,他们是以所谓的纯诗为主。而所谓的儿歌、童谣,实际上是同义词而已。儿童诗歌因对象、种类、理解程度之不同(详见王玉川《谈儿童诗歌》一文),而与成人诗歌有所不同。申言之,儿童诗歌未必具有文学价值(指儿童本身的创作),而有没有文学价值也不是提倡儿童诗歌的本意,我们认为儿童诗歌犹如儿童画、儿童音乐,其目的以启发儿童的才能为主。

(三) 儿童诗的分类

儿童诗的分类,有按作者、体裁、内容而分,也有按年级、功用而分,本文仅按作者与形式两方面说明之。

1. 按作者分类

儿童诗歌狭义的说法是:儿童用诗的体裁所写作的诗。而广义的儿童诗可分为:

> 儿童写的诗。
> 成人为儿童写的诗。
> 适合儿童欣赏的诗。

这是林焕彰在《谈我们的儿童诗》一文中的看法(见《童诗百首》,第 1~12 页)

而赵天仪在《儿童诗的创作与欣赏》(见《儿童文学与美感教育》,第 228~242 页)一文中亦持相近的看法。他说:

> 我认为儿童诗的意义,若从其定义或界说来看,基本上有两种分法:一是狭义的,也就是说儿童诗乃是儿童写的诗,这是就创作的态度来看。另外,还有一些大孩子、成人一样也写童诗,这是从欣赏的观点来说,也就

是广义的儿童诗。凡是适合儿童欣赏的诗,就是儿童诗。这情况下儿童诗的范围极为广大,包括古典诗、现代诗中,只要是适合儿童欣赏的诗篇皆属之。我们看英美的一些作品中,有些是专为 Young-man 和 Children 所选的诗集,那些有的是莎士比亚或是一些大诗人的作品。在一本属于这类的诗选中,我突然发现有一个蛮熟悉的名字,好像是中国诗人,仔细一读是 Tu-Fu,杜甫。换句话说,在英美的儿童文学选集中,也把杜甫的诗翻成英文而放在里头。所以我的依据是:凡是适合儿童欣赏的诗就是儿童诗。但是现在发展的儿童诗,似乎已经成为了同一工厂制造出来的东西——拟人法,简单比喻。并且小朋友在一些老师热心的指导下,把诗的教学限定在那么一个小小的角落里面。同样也有一群写儿童诗的大人们,假装自己很孩子气的在写儿童诗,结果这两种儿童诗大行其道,而在无形之中,就把儿童诗限制在框框里了,所以,首先要把这些打破,凡是(1)儿童来写诗,(2)成人为儿童写诗,只要适合儿童欣赏,皆可收入儿童诗中。因此,在儿童诗的界说之中,我有四点看法:

(1) 儿童喜欢的诗。

(2) 儿童写的诗。

(3) 成人为儿童选的诗。

(4) 成人为儿童写的诗。

(第 228~229 页)

2. 按形式分类

儿童诗歌以形式分,儿歌(或童谣)自有其规范。至于儿童诗则可以罗青的分类为依据。其间分段诗似乎不适于儿童。有关形式的分类,罗青于《论白话诗》(详见《从徐志摩到余光中》,第 1~14 页)一文云:

历来诗歌的分类,多以形式与语言基准,少以精神、内容、技巧为区别。因为诗之精神,因人而异;诗之内容,包罗万象;诗之技巧,代有新制,在在都是变化多端,不易规范的。若依上述三者分类,则繁不胜烦,转增迷闷,不如以形式、语言为基准而分类来得便。例如四言诗、五言诗、七言诗,五绝、七绝,五律、七律等等,就是例子。

新诗的形式变化多端,各有千秋,无法找到一个适当的名词为其通称。不过,大致说来,仍可分为下列三类:

(1) 分行诗。
　　(2) 分段诗。
　　(3) 图象诗。

(第9页)

三、台湾地区儿童诗歌的缘起与发展

　　本小节拟就缘起、背景与发展三部分说明之。本小节所指儿童诗歌是指大人为儿童写的诗,不包括儿歌,也不包含儿童写的诗。

(一) 儿童诗歌的缘起与演进

　　儿童诗歌是现代诗的支流,也是儿童文学的一种文类。

　　在我国儿童文学的领域里,诗歌的发展,比起童话、小说等其他文类,不但早,也比较蓬勃,成果也较为丰硕。自从胡适提倡白话诗以后,就有作家开始用白话为孩子写诗歌。1919年,陈独秀主编的《新青年》杂志就有儿童诗歌的作品。

　　有关台湾地区儿童诗的演进,已有林焕彰、赵天仪等人之论述(见参考文献),本文仅就相关代表人物以论其演进的意义。

　　1. 杨唤(1930~1954)

　　《"中央"日报·儿童周刊》创刊于1949年3月19日,该刊自创刊以来,就陆续发表儿童诗、故事诗、儿歌、童谣以及翻译的外国儿童诗,这在当时是第一个较常刊登儿童诗的刊物,也是最初儿童诗发表园地的提供者。

　　由于《"中央"日报·儿童周刊》提供儿童诗发表园地,台湾地区儿童诗的发展,由杨唤开始引起大家的注意。1949年9月5日,杨唤以"金马"的笔名于《"中央"日报·儿童周刊》发表一首儿童诗《童话里的王国》,之后又陆陆续续发表了十六首儿童诗,加上未被刊出的四首共计二十首。

　　由于杨唤在《"中央"日报·儿童周刊》所发表的儿童诗的数量较多,所以也较受到大家的重视,甚至有很多人都认为杨唤是台湾地区第一个为儿童写诗的人,但事实上,在杨唤之前,《"中央"日报·儿童周刊》几乎每一期都刊出了一些儿童诗及儿歌,只是数量上并不及杨唤可观罢了。

　　1966年5月,《儿童读物研究》第二辑出版,其中林良《童话诗人——杨唤》(第211~240页)一文,引起儿童文学界开始对杨唤儿童诗的重视,他的诗集也开始受到广泛的讨论。杨唤的儿童诗具有浓厚的童话味,颇受到大家的喜爱。其作品甚至成为儿童诗的创作范本。

2. 黄基博(1935~)

儿童自己写诗,虽然在"日据时期"曾出现过,但许多儿童文学工作者认为,儿童写诗真正形成一种风气,则是在1970年,黄基博开始在屏东县仙吉小学指导其学生写诗。

黄基博的默默耕耘,热心提倡,使儿童诗的教学渐渐受到重视。

所谓的儿童诗创作热潮,始于二十世纪七十年代。

3. 林钟隆(1930~)

1977年4月,林钟隆创办台湾地区的第一本同仁儿童诗刊《月光光》。

林钟隆是儿童文学的全才。就儿童诗而言,集创作、教学、理论、批评于一身,更是将儿童诗往上提升的监护人。

林钟隆是儿童诗坛的乌鸦,也是守门人。

4. 林焕彰(1939~)

林焕彰是台湾地区儿童文学发展史上重要的人物之一。就儿童诗而言,集编辑、创作、赏析、编书于一身,是儿童诗的推动者。

1980年4月4日,林焕彰与薛林、舒兰3人共同发起的儿童诗学季刊《布谷鸟》创刊,由林焕彰担任总编辑,采同仁制。台湾地区当时知名的儿童诗创作、研究者、教学者,几乎都参与了《布谷鸟》,是当时几个儿童诗社中,成员最多、分布也最广的一个。

(二)儿童诗发展的背景

台湾地区的儿童诗,可说始于杨唤,而自黄基博指导儿童写诗后,逐渐形成一股风潮。二十世纪七十年代是台湾地区儿童诗的蓬勃期,也是儿童文学唯一较具"军容"的队伍。究其原因,则来自以下几个助力。

1. 师专儿童文学课程的开设

台湾师范院校开设"儿童文学"课程,始于1960年7月,台湾省师范学校陆续改制为师范专科学校。当时中师校长朱汇森曾提起当年在草拟师专课程之初,他和担任儿童文学一科教学的刘锡兰老师,到处收集有关儿童文学的参考资料,最后在美国开发总署哈德博士和亚洲协会白安楷先生等的协助下,好不容易才找到几本可供参考(见富春出版邱各容《一九四五~一九八九儿童史料初稿》,第192页)。许义宗于《中国儿童文学的演进与展望》一书里,认为师专是培育小学师资的摇篮,因而"儿童文学研究"科目的开设,至少有下列二点功用：

　　（1）立儿童文学体系，有助于儿童文学的发展。
　　（2）激发师专生从事儿童文学研究兴趣，给儿童文学做播种的工作。
　　（见1976年12月自印本，第14页）

　　在师专时期，不论是二专或五专，都列有"儿童文学研究"科目两学分，供学校师资科语文组（有时亦称文组、文史组）学生选修。1967年师专夜间部亦开设"儿童文学研究"科目，供夜间部学生选修。1970年9月，增开"儿童歌谣研究"四学分，供五年制音乐师资科学生选修。1972年，师专暑期部也列"儿童文学研究"科目，供全体学生选修。1973年度，广播电视开始播授"儿童文学"课程，由葛琳教授主讲。

　　在台湾地区全面推广儿童诗进程中，这一群基层的小学教师扮演了极重要的角色。例如像"风筝"童诗社的成员林加春、蔡清波、庄国明等人全部都是毕业于屏东师专，也都是受教于徐守涛，因着老师的启迪，而走入儿童诗的领域。其余如陈木城、林武宪、冯辉岳、黄双春、陈玉珠等多位儿童诗界的作家们，都是师范院校毕业的小学教师。因此，师院儿童文学课程的开设对于儿童诗的发展与小学诗教育的推广，是功不可没的。

2. 诗刊《笠》与《儿童文学周刊》的大力推广

　　1971年10月份诗刊《笠》开辟"儿童诗园"，从发表儿童诗开始。1972年8月，诗刊《笠》开始陆续刊登一些有关儿童诗的短论，大力鼓吹儿童诗的教学。1976年2月，诗刊《笠》第七十一期以儿童诗的讨论专号出版，此举不但使儿童诗教育更加受到重视，同时也对当时其他的诗刊和一些儿童期刊产生了不少的影响。如《秋水》《葡萄园》《草根》和一些儿童期刊；如《儿童天地》《作文月刊》等相继设立儿童诗的园地，或出版儿童诗专辑，而一时蔚为风气。

　　此外，《"国语"日报·儿童文学周刊》自1972年4月2日创刊起，即不遗余力地推广儿童诗教育。自创刊起不断刊登有关儿童诗的文章，对儿童诗的创作、指导及理论的探讨与研究，具有很大的影响。

　　儿童诗的议题当时在《儿童文学周刊》中被热烈地讨论着，其盛况可由马景贤在《儿童文学周刊》二百期序中的一段话中得到验证："在二百期里，所讨论主题最多的恐怕要算儿童诗了，到现在为止，累积下来的诗稿还有一大堆，由此可见大家对于儿童诗的重视。"（见1976年2月《"国语"日报·儿童文学周刊》二百期序）

此外,《儿童文学周刊》对于儿童诗在小学中的广泛推广,亦是功不可没。

3."儿童文学研习会"的举办

板桥教师研习会与台北市教育局分别于1971年与1975年起陆续开始举办"儿童文学研习会",并把儿童诗纳入研习课程,对象为小学教师。这些研习会的开办,对儿童诗写作人才和师资的培养,产生了普遍与深远的影响。

此外,各县市教育局、大学院校、"救国团"、文复会及各文教机构所举办的儿童文学研习活动,也都纷纷将儿童诗纳入其研习的内容中,使得全省的中小学教师及文艺青年认识儿童诗,并普遍产生儿童诗创作的兴趣,进而参与指导儿童写诗的行列。

4."洪建全儿童文学创作奖"的设立

1974年4月由洪建全教育文化基金会和书评书目杂志社合办的"洪建全儿童文学创作奖"设立。洪建全教育文化基金会为了提倡儿童文学创作,每年列了二十万新台币的预算,前五届设立了四项儿童文学创作奖,儿童诗奖是其中的一项。这个奖的设立,除了奖金的金额很高(首奖奖金三万新台币,相当于当时教师约半年的薪水),对创作者来说是一个很大的诱因之外,同时也是对创作者的一个肯定与鼓励。

这个奖吸引了许多人来为儿童写诗,这些参加征奖的作者之中,包括有教师、作家、家庭主妇、学生等各阶层的人士,并且培植了很多儿童诗人,如黄基博、谢武彰、黄双春、方素珍、林焕彰、陈玉珠、刘正盛、李国跃、林美娥等多人。

由此可见,"洪建全儿童文学创作奖"的成立,的确为台湾儿童诗的发展带来一个很大的动力。

(三)儿童诗的发展

自1971年10月诗刊《笠》第45期开辟《儿童诗园》,到1983年10月10日儿童诗学季刊《布谷鸟》发行第15期后停刊止,这段期间正是所谓的儿童诗的蓬勃期。其蓬勃背景除前述之外,主要是有四股力量投入儿童诗的创作。赵天仪于《儿童诗的回顾与展望》中说:

> 在这个时期,台湾儿童诗坛有四股力量投入儿童诗的创作。一是许多小学教师,本来对儿童文学就有一种浓厚的关怀和兴趣;他们一方面开始指导小学生写诗,另一方面也开始为儿童写诗。例如最早指导儿童写诗的黄基博,便是一位小学教师。许多小学教师纷纷投入儿童诗教学与创作的行列,有的还撰写教学心得及评论。二是许多小学生因为老师的

热心指导,也开始写诗,而且逐渐形成一股热潮,有些小朋友还出版了个人的诗集呢!曾妙容在学生时代曾经受教于黄基博,后来她也成为教师,而且还出版个人的两本诗集。三是有些诗人和作家本来就是关心儿童文学的一群,也纷纷开始创作儿童诗,评论儿童诗,并有意走向创办儿童诗刊的方向。四是许多战后成长的新生代诗人崛起于台湾现代诗坛,有些也开始向儿童诗坛进军,这些新生代诗人群中,也有许多是小学教师,于是更壮大了儿童诗园的阵容。(见《儿童诗初深》,第25~26页)

诗学季刊《布谷鸟》停刊,是儿童诗蓬勃期的终止。后来《月光光》(一九九〇年一月)和《满天星》(一九九〇年二月)亦改为综合性的"儿童文学"刊物。儿童诗刊的停刊并不是儿童诗的结束,终点也是起点,是另一个新里程的起点。洪志明于《十一年来儿童诗歌的演化》一文中有精辟的说明:

> 近十一年来的儿童诗歌发展,是没有一九七四年洪建全儿童文教基金会创办儿童文学奖以后的十几年那般如火如荼。专从儿童诗歌发展的立场来看,我们必然会缅怀那段儿童诗歌发展的黄金时代。以整个大环境而言,儿童诗歌的盛况虽然不再,不过却也为台湾儿童文学完成了启蒙性的工作,相信所有在这块园地耕耘过的人,都乐于见到它成为儿童文学发展的踏脚石,引领儿童文学走入了一个全新的领域。
>
> 虽然儿童诗歌的发展已由辉煌走向平淡,不过透过童诗、儿歌、现代诗等文体的互相渗透,本土意识的觉醒、教育体制的改变、现代诗人的投入,以及原有童诗作家的坚持,儿童诗歌还是继续在儿童文学的领空里伸展枝叶,扩展它的庇荫范围,十几年来累积的文化资产,不无可观。
>
> 原本,我们就是一个诗的民族,爱诗、写诗、读诗,用诗来描述生活,用诗来抒发情感,用诗来表现理想,不可一日无诗。不管未来儿童文学会如何发展,我们必将会继续以儿童诗歌当作乳汁,喂养我们的儿童,使他们能在诗的涵养中生活成长茁壮。毕竟我们文化的血脉里,流动的是诗,生活里岂能无诗。(见《童诗万花筒》,第35~36页)

四、台湾地区儿童诗教育的考察

本节主要是以儿童诗的教学为主。而教学主要是指创作与欣赏而言。申言之，儿童诗的教学，应当注意到学生的学习能力和兴趣，能让学生自动学习，以及注重学生的经验。因此，理想的儿童诗教学是：优良的师资、完善的课程内容、理想的教材和良好的教学法。以下试从三方面考察之。

（一）诗教育的事实

台湾地区的儿童诗教学，一般说来是始于1966年左右，当时黄基博开始在屏东县仙吉小学尝试指导儿童写诗。其实，儿童写诗歌日据时期已有之，《台湾童谣杰作选集》即是，这本选集是日本人宫尾进编，于昭和五年（1930）出版，林钟隆（笔名林容）曾为文介绍之：

> 这个选集的作品，据编者宫尾进在"编后"中所言，只是五年间的作品，大半来自台湾《日日新报》（《新生报》的前身）的"子供新闻"（"儿童新闻"），其余则得自儿童诗刊《木瓜》和编者自己主办的《鸟笼》，共搜集了三千八百六十多首，从中选出"特别有艺术价值的"七百多首。现在把日本人作品除去，可能在四百首以下了。仅仅五年间的作品，就有如此多量的好成绩，其余的四十五年，料亦当有同样或更高的成就才对，不知有没有人去把它编成集子。郑世璠先生那边的，是否同一本，也还不晓得，如有跟这本不同的资料，希望告知"月光光"社。这一类的文化遗产的整理保存，是"月光光"不可旁贷的责任。
>
> 这部杰出诗选的译介，从八月出刊的《月光光》第三期开始，请大家热切注意，好好欣赏很乡土的、很纯朴的、很真实、很坦诚的动人的诗章。（见1977年8月《月光光》第三期，第4页）

又据"'中央'图书馆"台湾分馆编印《日文台湾数据目录》（1980年6月）显示，在分类编码为"070台湾"下"0708儿童文学"中，除《台湾童谣杰作选集》外，另有1933年由台北市教育会缀方研究部编印《儿童作品童诗集》（见第9页）。

除此之外，赵天仪在《我的儿童诗观》一文中也曾提到：

> 事实上，在日据时期的台湾，已有儿童诗的提倡与结集，林钟隆翻译的《台湾童谣杰作选集》便是一个例子。至于从中国新文学运动提倡新诗创作以来，我们也有许多儿童或少年写新诗的例子，三十多年前的《小朋友周刊》或《开明少年》，便有许多儿童或少年的诗作品发表。（见

1980年6月《青少儿童福利学刊》第二期,第68页)

从日据时期儿童少年写诗歌开始,经儿童文学界重视杨唤儿童诗,到黄基博开始指导儿童写诗为止。这一段发展的过程,对当时在起步阶段的台湾地区儿童诗教育的发展与推广,都具有其一定的影响力,也牵引着台湾地区儿童诗后继的发展。

1971年10月诗刊《笠》45期开辟了《儿童诗园》,由黄基博负责编选。黄基博提供了他指导的学生作品发表,于是,带动儿童诗的写作风潮。黄基博指导儿童写诗,重视儿童的感性和想象,鼓舞了儿童写诗的兴趣和信心。1975年10月,将军出版社新一代儿童益智丛书《儿童诗画》下册,便是由黄基博主选。他还写了一本《怎样指导儿童写诗》(太阳城出版社,1972年11月初版,1977年11月增订再版)。

1973年9月《百代美育》月刊创刊,不久,美术老师苏振明也开始指导学生写诗,而且配合该刊以诗画配合发表。将军出版社新一代儿童益智丛书《儿童诗画选》上册,由他主选。苏振明的指导方法的优点是诗画配合,创作方法弹性,比较重视生活经验的表现。

1976年2月及4月,诗刊《笠》第七十一、二期,连续推出了《儿童诗的创作问题专辑》,对当时正在发展中的儿童诗提出了适时的批评和检讨。

1977年4月,林钟隆等创刊《月光光》后,儿童诗教育迈入觉醒时期,赵天仪在《儿童诗的回顾与展望》中说:

> 自一九七七年四月林钟隆等创刊《月光光》至今,也就是到一九八三年,儿童诗由成长时期进入了觉醒时期。在这个时期,一方面纷纷继续创办儿童诗刊,开拓儿童诗的园地,发展儿童诗的欣赏、评论与编选的工作。另一方面则从事儿童诗教学的改进,企图建立儿童诗的理论,并加强跟儿歌、童谣、音乐及绘画的结合。因此,自《月光光》创刊以来,儿童诗的发展与推广,便有了自己的园地,也可以说是建立了儿童诗本身的诗坛,成立了自己发展的根据地,也形成了儿童诗本身鸟瞰的瞭望台,摆脱了附属于其他报章杂志上的从属地位,也等于取得了儿童诗发言的广播站。(见《儿童诗初探》,第29~30页)

1981年11月,"台湾省教育厅"指示各县市中小学推广诗歌教学,配合生动活泼教育的推行,1982年又通令各小学从1982学年度起开展"童诗童玩"

教学活动。"教育厅"的大力提倡,是诗教育蓬勃的最高潮。

当时,几乎各县市教育局、小学皆投入儿童诗教学,其中较为称著的学校有:屏东县仙吉小学、苗栗县海宝小学、花莲县平和小学。至于 1983 年 10 月儿童诗学季刊《布谷鸟》的停刊,则是蓬勃的中止,亦是水银泻地的开始。

自诗刊《笠》开始刊载黄基博所指导学生的儿童诗作品起,到儿童诗学季刊《布谷鸟》的停刊止,这是儿童诗蓬勃期,其发展与过程,虽然未必全然给儿童诗一个正向的发展与完美的结果,但不可否认,这一段发展与过程,"从儿童文学创作来看,此时期可以说是童诗的蓬勃期。不论是创作量或创作人口,童诗都是居于领先地位。而且迄今为止,台湾地区儿童文学唯一较具'军容'的,也是童诗。带领台湾地区儿童文学开步走(成长期)的,是童诗而不是童话,这是值得我们观察的"。(见洪文琼《台湾儿童文学手册》,第 57 页)

以下再以两个方面观察小学诗教育的事实。

1. 儿童诗歌论述

依据《彩绘儿童又十年》(第 291～340 页),自 1945～1999 台湾地区有关儿童论述的出版著作有 496 种,而其中儿童诗歌有 154 种(参见附录一),约占 32%,比率可说相当高。但综观儿童诗歌论述著作,大多以教学论述为主,相较于现代诗,台湾地区儿童诗理论与批评显然不足且薄弱。且所谓的教学论述,亦以经验为主,缺乏理论之论述。

2. 儿童诗刊

台湾地区自 1977 年 4 月开始,陆续创办了五个儿童诗刊物,在台湾地区从事儿童写作、教学及研究者,几乎都参加了这五个刊物的行列。儿童诗刊的创办,这是蓬勃的征象。

(1) 儿童诗刊《月光光》

1977 年 4 月,台湾地区的第一本儿童诗刊《月光光》创刊,林钟隆是创办人兼主编,采同仁制。

《月光光》的出刊日期不定,按月、双月、季出刊都有,其内容包括成人为儿童写的诗、儿童写的诗、童谣及每一期有一至二则《诗话》,谈论儿童诗的理论及创作方面的问题。除外,还包括外国儿童诗选译,但其内容则多以日本童诗为主。这是台湾地区寿命最长的一份儿童诗刊。

儿童诗刊《月光光》于 1990 年 11 月出版 78 期后停刊。自 1991 年 3 月起,以《台湾儿童文学》季刊之名重新刊发。

（2）童诗刊《大雨》

1980年1月1日，北部一群指导儿童写诗的小学老师共同组成了童诗刊《大雨》，社长林芳腾，执行编辑为李国跃等人，诗刊组成采同仁制。

《大雨》在1980年7月1日发行第三、四期合刊之后，即因故停刊。

（3）童诗刊《风筝》

《风筝》创刊于1980年1月20日，是南部一群小学教师的同仁诗刊。它的成员有林加春、蔡清波等15人，聘请徐守涛为顾问。

《风筝》前后共出刊十期，无一定出刊时间。1983年刊出第9期，直到1986年出第10期后停刊。

其主要内容有由成人和儿童一起创作的童诗，以及一些儿童诗相关的论述文章。

（4）儿童诗学季刊《布谷鸟》

1980年4月4日，由林焕彰、薛林、舒兰3人共同发起的儿童诗学季刊《布谷鸟》创刊，由林焕彰担任总编辑，采同仁制。创刊时成员有87位，顾问18位，之后每期人数不断增加，成员最多时曾达到271位，台湾当时知名的儿童诗创作者、研究者、教学者，几乎都参与了《布谷鸟》的行列，甚至还有多位旅居国外的作家参与，是当时几个儿童诗社中，成员最多、分布也最广的一个。

《布谷鸟》创刊的宗旨与目标是：

> 提倡儿童诗创作、理论、批评、教学研究。结合童谣、童话、美术和音乐。（见《布谷鸟》第1期封面）
> 《布谷鸟》是为建立中国儿童诗的理论而创办；
> 《布谷鸟》是为提高中国儿童诗的质量而创办；
> 《布谷鸟》是为推广中国儿童诗的教学而创办。
>
> （见1980年4月《布谷鸟》第1期，封面内页）

《布谷鸟》每季出刊，前后共发行十五期，1983年10月10日发行第十五期后停刊。而后儿童诗创作热潮亦告趋缓。其主要内容包括发表成人和儿童写的诗、以专辑方式推动各类诗的写作和教学、刊登论述及教学文章、译介外国儿童诗、举办"《布谷鸟》纪念杨唤儿童诗奖"、出版丛书等。由于《布谷鸟》的成员众多，且有多数是小学教师，使得刊物在推广上具有很大的潜力，创刊时发行量三千册，至第五期时就已增加到六千册，作者与读者遍及台湾地区各地及海外,是当时台湾地区儿童诗界影响层面最广的刊物。

(5) 儿童诗刊《满天星》

《满天星》儿童诗刊创刊于 1987 年 9 月 1 日,发起人是中部的洪中周,亦采同仁制。

《满天星》是季刊,其内容有成人及儿童写作的儿童诗、论述及教学方面的文章、国外童诗介绍、大陆诗介绍等。

《满天星》的出现,使得《布谷鸟》停刊后短暂沉寂的儿童诗界,再度活跃起来,重新刊发。

《满天星》儿童诗刊,因台湾省儿童文学协会的成立,自 1990 年 2 月(11 期)起归属于协会,并将《满天星》由儿童诗刊,改为儿童文学双月刊。

(二)欣赏教学的重视

有关儿童诗的教学,似乎皆主张从"欣赏教学"入手。

其实,儿童诗的教学,不离创作与欣赏。但不论创作与欣赏,教学方法和示范作品都很重要。在教学方法方面,首先应把"作文"跟"诗的创作"加以澄清。作文以语文训练为主。而"诗的创作"则不仅止于语文训练。

至于示范作品方面,如果能依题材、主题或方法的不同层面来加以考察,并且广泛收集各种各类的儿童诗来让儿童欣赏,就不会有清一色的取向。当然,能提供好诗,让儿童欣赏具有创意的诗作,最能开拓儿童欣赏诗的视野,提升他们的趣味。至于什么是好的示范诗作,赵天仪在《儿童诗教学》中说:

1. 具有诗的创造性的作品:如果我们以具有诗的创造性作品为一个考虑的对象,那么,不论是古典诗、现代诗与儿童诗,都以具有创意的作品为示范的对象,并且加以解释与说明,所以,模仿或缺乏创意的作品,必将被淘汰,至于抄袭的作品,自然更不在话下。

2. 具有诗的现代化的作品:如果我们以具有诗的现代化的作品为一个考虑的对象,那么,那些缺乏现代意识的诗作,缺乏儿童现代生活的意义的作品,便要减少或淘汰;而以适合现代儿童所应具有的现代精神与教养的作品为选取的对象。

3. 具有诗的启发性的作品:如果我们以具有诗的启发性的作品为一个考虑的对象,那么,那些智慧的精神的诗作,便是我们要选取的对象。诗是一种智能的语言,一方面给我们感性的参与,另一方面给我们知性的领悟。

4. 具有诗的趣味性的作品：如果我们以具有诗的趣味性的作品为一个考虑的对象，那么，那些富有机智、幽默、谐谑、反讽、夸张以及矛盾语法的诗作，该也是我们要选取的对象。换句话说，儿童诗既可以让小读者带来一种诗的智慧，也可以让小朋友带来一种诗的乐趣。

（见《儿童诗初探》，第 140~141 页）

至于指导儿童欣赏诗，陈千武于《童诗的乐趣》（自序）有云：
兹列举指导儿童欣赏诗或写诗的方法顺序如下：

1. 为了让儿童读诗得到快乐，应该指导儿童读诗和玩味诗的方法。
2. 培养儿童对事物景象的观察，如何感受与训练加以思考的习惯。
3. 教导儿童感受诗内容的深处，了解新鲜的表现技巧。
4. 教导儿童认识诗，诗的质素，并学习写诗，练习诗的表现技巧。
5. 教导儿童通过诗体会人生存的意义，与做人真挚的态度。

蔡尚志在《儿童诗欣赏教学试探》则有更深入的说明：

如何从事童诗的"欣赏教学"呢？笔者以为有以下三个步骤：
1. 有系统地介绍范诗。
2. 深入的解析。
通常，解析一首诗，应该包括三个层次，从外而里，自浅入深，由有形到无形：
第一个层次是——知性的理解和探讨。
第二个层次是——情趣的领悟与陶冶。
第三个层次是——技巧的提示。
提示重点有：命意、布局、音响、修辞。
3. 让儿童自由地发表心得。

（见《探索儿童文学》，第 99~121 页）

（三）对儿童诗教育的批评与建议

台湾地区儿童诗的发展与蓬勃，似乎与诗刊《笠》息息相关。诗刊《笠》当时正由赵天仪主持编务，率先于 1971 年 10 月 45 期开辟了《儿童诗园》，并且从 1972 年 8 月，诗刊《笠》第 50 期起，陆续以卷头语的方式撰写有关儿童诗的短论,分别以"儿童诗的开拓""儿童诗的创作问题"及"儿童诗的现代化"等文加以鼓吹,同时提出了他对儿童诗的写作和教学的看法。

到了1976年2月,《笠》第七十一期更以儿童诗的讨论专号出版,而影响了别的诗刊,如《秋水》《葡萄园》《草根》和一些儿童期刊;如《儿童天地》《作文月刊》等相继设立儿童诗的园地,或出版儿童诗的专辑,而一时蔚为风气。

《笠》第七十一期的评论文章计有:林钟隆《谈诗"象"和诗"心"》(第38~40页),詹冰《儿童诗随想》(第40~43页),黄一容《童诗探讨》(第42~46页),白沙堤《拓展童诗的领域》(第46~48页),徐守涛《浅谈儿童诗的创作》(第48~50页),张水金《儿童诗教学经验谈》(第50~54页)等广泛涉及了儿童诗的种种实际问题,值得参考。

由于儿童诗的蓬勃发达,引起有识之士的关切,1984年6月,由赵天仪策划,郭成义主编,出版了《儿童诗的创作与教学》,郭成义在"编后记"写道:

> 儿童诗在台湾蔚为发展,依照我个人不太准确的印象算来,大概也不过十年左右。在这一段期间之中,文字传播媒体接受儿童诗的兴致似乎超过了成人诗,报纸、杂志、丛书以及纯为儿童诗发表园地的诗刊,几乎到处可见,就连广播电台与电视节目同样未能免俗。
>
> 诗的写作于我个人的素养来说,其实是当作我思考练习与思想表达的一部分,因此儿童诗的蓬勃发展,令我对下一代的思考方法与领域充满着新鲜的期待。当然,在我开始领略并注意儿童诗发展情形的时候,事实上已经有很多人为此地的儿童诗贡献了一段不短的时日,而这些指导者未必持着和我一样的观念和态度来期待下一代。
>
> 我无法判定我对儿童诗的期待是否正确,不过至少我了解现阶段的儿童诗仍在萌芽的年代,大部分我所见过的儿童诗,尽管在技巧上与趣味上都已具备了十足的"儿童诗"的雏型,但总还觉得缺少了一点什么。
>
> 由于这"缺少了一点什么"的空白,不是我一个人可以填充的,而且也因为相信还有更多的人持有和我相同的疑惑,于是借着"诗人坊诗刊"出版第八期的机会,以专集方式设计了这本专题性的书刊。
>
> 透过群体意见的表达和作品的表现,应该能够使我们下决心找寻那"缺少"的部位究竟隐藏在某处。在本书所发表的评论性文字里,不仅有主观的见地,也有客观的讨论;而在本书所发表的童诗作品中,我们依然也可以见到一些真的缺少了什么的东西。(第166页)

在《儿童诗的创作与教学》一书中,赵天仪在《抄袭、模仿与创作——儿童诗创作与教学的检讨》一文中说:

> 一言以蔽之,我们的儿童诗,在蓬勃发展的过程中,是否因为过分的热心,尤其是以功利性的动机挂帅,也带来了许多的流弊和危机呢?我认为儿童诗的功利性,包括了成人来为儿童写诗,和儿童来写诗;前者以讨好的姿态出现,使儿童诗成为虽有童趣,却有许多是缺乏诗质的赝品。后者则以抄袭和模仿为写诗的取向,而逐渐地丧失了创造性的活动与意义。(第6~7页)

林钟隆在《儿童诗的提升——一个儿童诗倡导者的呼吁》一文中说:

> 儿童诗,可以说已到了"蓬勃"发展的时期,在这个时期,如同人生的青少年期一样,如果没良好的舵手,给予适当的引导,很容易误入歧途。
>
> 最可悲的是,现在发表儿童诗的一些儿童刊物,不客气的说,大都不识儿童诗为何物,所刊的儿童诗,有的是分行的散文,有的只是观念性的东西,没有诗的质,没有诗的味。而大多数指导儿童作诗的老师,也如同"考试领导教学"一样,你刊什么,我就教什么,这种很厉害的编向,几乎到了走火入魔的程度,很令人感慨,很令人悲哀。(第8页)

1986年4月,林钟隆在诗刊《笠》发表《台湾儿童诗的形成与现况》一文,则有更严苛的批评,文中除批评杨唤、黄基博之外,并就当时各大报儿童副刊所刊登的儿童诗大加挞伐。其用心与胆识令人钦佩。

综观各界对儿童诗教育的批评要点,不外是缺乏诗质与流于模式。赵天仪《儿童诗的回顾与展望》一文,可说是对儿童诗教育批评的代表:

> 依照我们四十多年来儿童诗发展趋势来看,有下列三点值得反省与检讨:
>
> 1. 童话诗的发展,固然诗质不够,童话的意味过浓,但语言的缺点较少。而童诗的发展,虽然比较重视诗质的表现,却也有些流于固定化的方法和形式的倾向。
>
> 2. 有些儿童诗类似儿歌,或比较适合低年级的儿童欣赏,而适

合高年级儿童欣赏的作品则较少。所以,为了创造适合小学或初中的少年欣赏的诗,需要发展少年诗。

3. 有些儿童诗,不但诗质薄弱,而且常常有讨好的姿态,缺乏一种作为艺术创作的崇高的理想,那就是儿童诗最大的危机了!

(见《儿童诗初探》,第 37 页)

早期儿童诗教学者,基本上是贵今贱古,大多不教授古典诗歌,也不了解语言与中文的语文特质,更缺乏应有的诗学知识,所以受到批评。针对流弊,则有人提出建议。

笔者于《小学诗歌教学书目并序》云:

检视诗歌教学,虽然呈现一片蓬勃的气象,但令人引以为忧的地方也颇多。其间的症结,或许是缘于对诗歌本身缺乏正确的认识,于古体诗仅流于背诵和吟唱,而对于儿童诗歌,仍有多数人怀着存疑与观望。是以所谓诗歌教学仅是一片叫好的声浪而已。

诗歌教学者,如果能对诗歌本身有所了解,如本质、特质、形式、格律与语言等,则教学自能有事半功倍之效。同时也必须对儿童发展的趋势有深刻的了解(此部分于本文不论),否则教授到某一阶段以后,会有不知所措与无力感出现。更重要的是我们要了解,诗歌教学当以语言本身为主体。

(见 1983 年 8 月《海洋儿童文学》第二期,第 34~35 页)

赵天仪于《儿童诗的教育——抄袭、模仿与创作》亦云:

我们指导儿童写诗,应让儿童培养适当的反应模式,进而发挥成创造性的活动。因此,我有三点建议,拟提出来供大家参考:

1. 教学者应具有诗学的修养:我以为除了教学者以外,也许还可以包括儿童诗的倡导者和编辑者在内,我们大家都须对古今中外的诗及诗学具有相当认识的水平与涵养,然后,我们也应该对发展中的儿童诗有更充分的认识与关怀,不应该以只有功利性的或实用性的眼光来看待儿童诗,而应以艺术性的创造与教育性的动机来对待儿童诗,把儿童诗从功利性的泥沼中抽离出来,我们的儿童诗才能走上正道。

2. 提供创造性的作品来让儿童欣赏:我以为目前儿童诗的发表,恐怕需要有一些过滤与淘汰,多选出具有创造性的作品来发表给儿童欣赏,才是比较扎实的途径,只有用比较具有创造性的好诗来做教学与欣赏的对象才能打开儿童的心胸与眼界,让儿童真正尝到好诗的真味,即使儿童没有马上就来响应写诗也没有关系,我倒是担心我们有许多儿童诗的教学是不是有揠苗助长的嫌疑呢。如果说一些陈腐的比喻或拟人法,就不是好的儿童诗,那么,一些天真的俏皮话就是好的儿童诗吗?也许我没有完全说中,但是也可以说,虽不中,亦不远矣!

3. 儿童诗导读、欣赏或评论也应提升境界与质量:有些出版者,或是有些儿童诗的推广者,这几年来,纷纷编撰儿童诗的理论或欣赏的读物。固然他们的热情与努力可嘉,并且,他们所选出来的作品,以及他们所提出来的评论或赏析的文字;有些也真的是颇为语重心长,用心良苦;然而,有些值得再斟酌,或需再加以推敲的地方也不少。所以,对这些导读、欣赏或评论,我们也该给以适当的认识和评价。同时我很盼望,今后这些热心推广儿童诗欣赏的编撰者,应广泛地收集资料,广泛地跟有经验的创作者或评论者接触,多多吸取现代儿童诗相关的知识,以提高这些读物的境界与品质。

(见《儿童诗初探》,第155~157页)

五、结　　语

我们的儿童诗,在蓬勃发展过程中,时常因为过分热心,再加上教育行政单位总是急于立竿见影,从事教学者更是沉不住气,于是以功利性的动机挂帅。因此,带来了许多的流弊和危机。我们虽然重视欣赏教学,却汲汲于创作,所以诗教育,不容易落实与深入,这是犯了"本末倒置""重术不重学"的严重观念偏差。总之,儿童诗教育的关键在于教学者。因此结语从应有认识与期望两方面说明之:

(一) 对儿童诗教育应有的认识

诗是一种情感结构,诗诉诸感觉,具有想象力和创造力。因此,儿童诗的教学始于感官的感觉,而教学的重点则在于语言,只有通过语言了解内涵意义,才能提升思考的层次。因为语言行为的本身就是思考的主要部分。惟有提升思考的层次,方能有创造力可言。语言学家汤廷池在《一个外行人对小学

汉语教学的看法》一文里,认为儿童诗歌值得提倡,其理由是:

1. 儿童诗不受题材、字数、时间、句法结构与词汇的限制,让儿童有自由发挥的机会。
2. 儿童诗的创作最能训练儿童的观察力与想象力。
3. 儿童诗能提供机会让儿童欣赏自己以及别人的生活体验与情感反应。
4. 儿童诗能增广儿童运用语词的能力,更能帮助他们欣赏语文的声调与节奏之美。
5. 儿童诗的创作可以帮助散文的创作,使散文的创作更加完美。
(见1980年8月7日《"国语"日报·语文周刊》,1634期;并见1981年4月台湾学生书局《语言学与语文教学》,第69页)

而笔者在《试论儿童"诗教育"》一文里,认为我们对儿童诗歌的教育应有下列的认识:

1. 了解儿童的创作历程。儿童的创作历程有别于成人,一般说来,儿童的历程主要是情的活动,也就是以感官的感受为主。感官的感受以观察为立足点,只有通过完整的观察,方能激发儿童的想象力,进而有创造力。这种观察是具体的,也是生活的。如果缺少观察的基础,所谓的想象,会沦为文字游戏。

2. 诗歌教学是语文教学的一部分。个人认为诗歌教学以语文为主,而非以文学为主。通过诗歌的教学,以学得正确的语文知识是不可忽略的事实。过分强调文学教育,会导致儿童语文学习的失败。诗歌教学的重心,在于语言及其表达方式。但这种语言及表达方式,以不违反语文的正规原则为主;至于所谓的吟唱,只是教学方式之一,亦非重心。

3. 诗歌可以激发儿童的想象力和创造力。据1973年8月23日台湾地区内部事务主管部门所公布《托儿所设施标准》,其中托儿所、幼儿园课程,其语文课程的目标乃在于陶冶性情,提高兴趣,发展想象力。儿童与诗歌的脑力激荡,可激发儿童的想象力,进而发展创造力。而儿童学习诗歌,更可始自于感觉运动阶段,只要他有感觉,就能接受,而其早期的接受方式,又以音乐化为主。而就审美发展而言,则在于审美感受力的养成。

总之,个人以为儿童诗教育的终极目标在于人文的涵养。

而在质上,是在于游戏情趣的追求。

至于实效上,则是在于才能的启发。

又就教学而言,则是属于语文教育的一部分。

(见《儿童诗歌论集》,第 92~94 页)

(二)展望

虽然儿童诗歌的发展已由蓬勃走向平淡,所谓的平淡并非静止,而是还继续在儿童文学的领域里伸展枝叶,扩展它的庇荫范围。正似龚自珍所谓"落红不是无情物,化作春泥更护花"。(见《己亥杂诗》)

自 1995 年 5 月,民圣文化事业股份有限公司出版《童诗森林》系列,第一本是叶日松编著的《童诗开奖》,至 1998 年 11 月吕嘉纹的《童诗丰年祭》,是第十三本,《童诗森林》系列属于儿童诗的教学论述。

三民书局股份有限公司,自 1997 年 4 月推出《小诗人》系列,这是台湾地区及其以外地区成名诗人、画家献给儿童的礼物。第一本是《妈妈树》,叶维廉著、陈璐茜绘;至 2000 年 9 月已出版 16 册,第 16 册是《我是西瓜爸爸》,作者萧萧、绘者施政廷。《小诗人》除采图画书形式出版外,每首诗都附有简单的说明。

"文建会"于 2000 年 7 月请台东师范学院儿童文学研究所承办儿歌征选活动,并将作品结集成书《爱的风铃——台湾 2000 年儿歌一百》("文建会"出版,2000 年 12 月)。

展望未来,期望处于弱势的儿歌,能重现时代的童真。

教科书开放、九年一贯等教育的改革,推广儿童阅读如何将儿童文学(含幼儿、儿童、少年、青少年)带入教学场域,是向上提升的契机。将教学经验性的论述,带领入理论与实践的整合,是学术界的义务,也是责任。

参 考 书 目

一

洪志明. 童诗万花筒—1988~1998 儿童文学选集[M]. 台北:幼狮文化事业股份有限公司,2000.

洪中周. 儿童诗欣赏与创作[M]. 台北:益智书局,1987.

黄秋芳. 童诗旅游指南[M]. 台北:尔雅出版社有限公司,1994.

林焕彰.儿童诗选读[M].台北：尔雅出版社有限公司,1981.
儿童诗教学游戏——童诗教学活动设计手册[M].台北：明德小学,1998.
摆荡在感性与理性之间——1988~1998 儿童文学论述选集[M].台北：幼狮文化事业股份有限公司,2000.
诗歌教学研究[M].台北：市政府教育局,1982.
林文宝.彩绘儿童又十年—台湾 1945~1998 儿童文学书目[M].台北：幼狮文化事业股份有限公司,2000.
蔡尚志.探索儿童文学[M].嘉义：嘉义市立文化中心,1999.
许义宗.儿童诗的理论与发展[M].台北：自印本,1979.
赵天仪.儿童文学与美感教育[M].台北：富春文化事业股份有限公司,1999.
宋筱蕙.儿童诗歌的原理与教学[M].嘉义：自印本,1988.
林武宪.儿童文学诗歌选集[M].台北：幼狮文化事业公司,1989.
洪文琼.台湾儿童文学手册[M].台北：传文文化事业有限公司,1999.
赵天仪.儿童诗初探[M].台北：富春文化事业股份有限公司,1992.
林文宝.儿童诗歌论集[M].台北：富春文化事业股份有限公司,1995.
赵天仪.儿童诗的创作与教学[M].台北：金文图书公司,1984.
陈千武.童诗的乐趣[M].台中：台中县立文化中心,1993.
林文宝.儿童诗歌研究[M].新竹：民国际股份有限公司,1995.
陈木城,凌俊娴.童诗开门（三册）[M].台北：锦标出版社有限公司,1983.
洪文琼.（公元 1945 年~1990 年）华文儿童文学小史[M].台北：台湾儿童文学学会,1991.

二

童诗特辑.见 1984 年 10 月诗刊《笠》123 期,第 47~80 页.
林钟隆.台湾儿童诗的形成与现况.见 1986 年 4 月诗刊《笠》132 期,第 93~109 页.
新诗教育专号.1980 年 1 月诗刊《葡萄园》69 期,第 1~58 页.
林容.台湾童谣杰作选集.见 1977 年 8 月《月光光》第三期,第 2~4 页.
台湾儿童诗的回顾—1950 年~1982 年.林焕彰.见 1982 年 5 月《中外文学》月刊第 10 卷 12 期（总期数 120）,第 58~82 页.
专题：新诗教学经验谈.见 1994 年 9 月《台湾诗学》季刊,第 7~50 页.
儿童诗的创作问题专辑.见 1976 年 2 月诗刊《笠》71 期,第 38~54 页.

台湾地区儿童阅读的历程

一、前　　言

　　曾子说:"君子以文会友,以友辅仁。"(《论语·颜渊篇》)似乎是我国最早的读书会雏形。学者通过话语、论述、对话,进而寻求沟通或共识。只是封建、保守的过去,执政者时常通过制式的学习场地,进行制式的教育。然而,"以文会友,以友辅仁"的话语,却仍不断。也就是说,在以前,读书会曾是莫虚有的罗织罪状的理由之一。曾几何时,读书会成为二十一世纪的新主张,也是生活的另一选择。读书会能名正言顺地立足于当下社会,可见我们的生活素质已在往上提升。

　　本文旨在叙述台湾地区有关读书会、儿童阅读的种种因缘,以及其推广过程,其目的在提供借鉴,重现历史与记忆。大体上一个国家、地区儿童读物出版与品类的多寡,以及读物质量的高低,正反映出该国、该地区的经济发展,以及文化与技术的进步程度,同时,更是该国、该地区文化素养与教育的指标。

　　文末附有台湾地区与阅读相关书目,以供有心者参考。

二、来自觉醒的活力

　　读书会的成立,与政治、社会与经济息息相关。就大趋势而言,1970年以后,已是显著的回归现实与本土化。这种本土化的风潮,将之置于台湾地区整体的社会历史脉络中考察,再以阿图塞(L. Althusser)的社会形构概念、葛兰西(A. Gramsci)的文化霸权和爱德华·扎伊尔德(Edward M Said)的后殖民观点视之,自能了解这种本土化的趋势。这是自我觉醒的时期,其关键在于国际间政治性的冲击:

1970年11月:钓鱼岛事件。

1971年10月:台湾被驱逐出联合国。

1972年2月:美国总统尼克松和周恩来发表《上海公报》。

1972年9月:日本承认中华人民共和国,同时废除与台湾的"和平条约"。

1975年4月:蒋介石去世。

1978年:中华人民共和国与美国建交。

1979年12月:高雄事件。

这些冲击提高了反省的层次，也使得社会上层建筑的文化掀起了壮大的觉醒运动。尤其是20世纪80年代以来的台湾地区，在政治、经济、社会或文化方面，都面临激烈的变迁且遭遇到强烈的挑战。面对这些挑战与变迁，本土意识因此而勃兴，并促使知识分子开始严肃思考作为文化主体地位的意涵。所谓"命运共同体""台湾优先""小区主义"等观念纷纷涌现。个人认为读书会的崛起，是这股本土意识的觉醒的结果。只是，这些果实是政府借民间力量，大幅昂扬的结果。

1982年，学者林明德呼吁"书香社会"，主张以书橱代替酒橱。而经济学者高希均更是一直鼓吹书香社会与读书运动。而民间，亦有人想成立读书会。陈来红于《袋鼠妈妈读书会》一书中云：

> 记得在1984年，我们结合一些家长和功文数学的辅导员，并聘请当时甫学成回台的柯华葳博士，为我们开设一系列"父母效能训练课程"。课程告一段落，杨茂秀教授在柯博士的转介之下，为我们主持为期一年多的"教育哲学课程"。
>
> 由于柯博士的提醒，笔者特别留意杨教授上课时的过程和方式。两位学者看似"散漫"的讨论，其实是以"深入浅出"的方法，将学理与生活体验融合。他们特别珍惜这群妈妈们的亲身经验，也由于他们的鼓励与支持，有些学理得以在日常生活灵活应用，而受惠很多。
>
> 1985年笔者在柯博士鼓励之下，以"妈妈充电会"之名，跨出勇敢的第一步，自组读书会。一群原来只是学习公文数学的家长所组成的读书会，由于其中一位在报纸上写了文章，结果引来许多渴望加入的朋友。就这样一群又一群地流转，最多曾有三组读书会的妈妈集结，那时还劳驾李雅卿女士帮忙主持，才能满足这么多想加入读书会的妈妈们呢！
>
> 1977年6月，雕塑家曾文杰先生曾应邀到读书会，教导妈妈们制作"纸黏土"。他很意外这群妈妈竟然可以带着稚子求学，感动之余，特别为这群身怀有幼子的妈妈团体，命名为"袋鼠妈妈"，大家一听，欣然就将"充电会"正式易名，以为纪念。（1997年2月毛毛虫儿童哲学基金会出版，第20~24页）

陈来红似乎也因此走入了小区文化的推广活动。而杨茂秀早已于1979年2月将儿童哲学的第一本教材《哲学教室》译为中文（台湾学生书局印行）。以点状式地在一些幼儿园散播了它的种子。为了更进一步推广儿童哲学,杨茂秀将原来的毛毛虫儿童哲学工作室扩展为"财团法人毛毛虫儿童哲学基金会",在1990年3月正式成立运作,并于同年举办第三届国际儿童哲学会会议。

在台湾地区因读书会而有故事妈妈。而在台湾地区推动故事妈妈活动,最早最广的机构即是"毛毛虫儿童哲学基金会",从1995年开始,毛毛虫儿童哲学基金会安排一系列的故事妈妈研习课程,有系统地培训故事妈妈。1997年起连续5年承办"行政院文化建设委员会""书香满宝岛故事妈妈研习计划",于台北县等9大县市培训故事妈妈,参与培训的故事妈妈人数多达千人。经过培训后,一批批故事种子即刻回到学校、小区为孩子说故事或带领儿童读书会。同时毛毛虫儿童基金会更鼓励妈妈们组织化从事服务推广,因此各地之故事妈妈团体及故事协会,如雨后春笋般陆续成立,也带动阅读热潮。

目前推动说故事活动的团体除了各县市已经正式立案的七个"故事妈妈协会"及乡镇小区、学校所组成"故事妈妈团"。另一重要团体即是,由儿童文学工作者林真美所发起,致力推广小区亲子共读的组织,从1994年开始至今,北部及中部地区至少成立了十五个以上小区"小大读书会",成员以亲子为主。读书会里包含亲子共读绘本、大人讨论等。

"猫头鹰故事团体"由李苑芳小姐所带领,从台北县永平小学和积穗小学故事妈妈的"猫头鹰剧团"开始。她和一群志同道合的故事妈妈们,成立了"台湾猫头鹰亲子教育协会",同时在台北市福州街"国语"日报社对面的地下室找到了"猫头鹰"的窝,除了培训说故事的义工外,也将"猫头鹰"一颗快乐的心深入小区书局、医院儿童病房、图书馆儿童阅览室,他们甚至进录音间为视障的孩子录故事,也在广播电台为孩子在空中说故事。他们勉励自己要有猫头鹰的宽广视野,能够看清四面八方,随时搜寻需要帮助的孩子。

出版社也加入推动读书会的行列,其中,以天卫文化出版社最为投入。

另外还有宗教团体的故事妈妈,如佛教团体的慈济故事妈妈和基督教团体的彩虹妈妈。通过固定的故事题材,传递宗教之导人向善目的。

许多企业也通过亲子说故事推广儿童阅读,如诚品书店在儿童馆、童书区除了有专职的童书企画外,许多门市人员也具有说故事能力,同时每个儿童馆都有不同的特色,就拿敦南店来说,有固定的说故事时间,不定期举办儿童读书会、亲子故事等课程。东方出版社的儿童馆也有说故事的活动。而信谊基金会,近年来更推动"阿公阿妈说讲古",将亲子故事延伸至祖孙三代。(以上见卢彦芬硕士论文《故事妈妈照镜子》,第8~9页)

三、公家机构的介入

在本身意识觉醒之时,"台湾省政府"借力使力,且大幅昂扬。其实,1984年12月7日,当时"台湾省主席"邱创焕在"省议员"质询的时候表示,将以"书香"来提升人民生活质量,而且要在五年之内,使"台湾省"的每一个乡镇市都有一座图书馆,让民众有多看书、多念书的机会与地方,这样才能培养民众读书风气,成为一个书香社会。

由于政府机构的推波助澜,90年代以来更蔚为时尚。于是相关公家机构应声而起,而所谓公家机构有三:

1. 行政机构

包括"教育部""文建会""台湾省教育厅"。1994年台湾地区教育行政主管部门召开台湾地区教育会议,提出将以推展终身教育作为教育发展蓝图,并将读书会列为终身教育的具体措施,1995年提出《台湾地区教育白皮书——迈向二十一世纪的教育愿景》,设定社会教育的主要课题及发展策略。"规划生涯学习体系、建立终身学习社会"的前瞻性作法。1996年行政部门教育改革审议委员会,提出《教育改革总咨议报告书》,具体建议以"推动终身教育,建立学习社会,落实教育改革"的具体政策。教育行政主管部门把1998年定为"终身学习年",并提出《迈向学习社会》的白皮书,积极推展终身教育,建立学习社会。1995年"省教育厅"也将读书会列为社教工作重点。"文建会"于1994年提出"小区总体营造"计划,作为施政重点,并研定"小区文化活动发展""充实乡镇展演设施""辅导美化地方传统文化建筑空间"四项计划,列为"行政部门"12项建设计划推动。自林澄枝"主委"上任以来,即戮力推动书香活动,希望能通过各种活动之推广,净化大众,进而培养读书风气。从1996年起,更推动"书香满宝岛"之文化植根工作计划,并于1997年举办第一届台湾地区读书会博览会,将读书会的辅导视为主要工作。

2. 学术机构

以台湾师范大学成人教育研究中心及高雄师范大学成人教育中心为主。重点在读书会种子培训及研究推广工作。

3. 文教机构

如省市乡镇区图书馆、县市文化中心、省市社教馆等推动成立的读书会。

在各种公家机构中,以"台湾省立"台中图书馆和台湾师范大学成人教育中心最为耀眼。

"台湾省立"台中图书馆读书会的成立,源于1992年,因邀请"全兴工业"及"知行会"负责人就企业界读书会设立宗旨、组织、运作方式与成长经验,做专题演讲时,深感社教单位应负担起积极推动"书香社会"的角色,随即成立工作小组,进行筹划工作,并于1992年11月成立。读书会的目的,希望能通过健全的组织、积极的运作,使民众定期研读好书;藉讨论的方式培养会友思考与判断能力,并通过报告心得,加强语文组织能力及表达能力。

会中组织十分完善,会员的报名条件亦不严苛,只要年满十五岁,喜爱读书的民众,都可以报名参加。会中各组行政人员由台中图书馆之馆员兼任;会长一人、副会长二人,由全体会员就参加读书会一年以上的资深会员中选举;执行秘书一人,由会长遴选产生;各组置组长、副组长、会计一人,由组员相互推选产生,任期皆为一年。

目前读书会会员总计205人,分为七组,包括教育心理A、B组及文学组、哲学组、生活保健组、社会组、艺术组等。1994年为了让读书会的活动能往下扎根,再成立"小朋友读书会",以小学五、六年级学生人数25人为限,由义务服务人员指导阅读事宜。借此全面推动读书会活动,希望能养成民众读书习惯,扩充知识领域。

"省立"台中图书馆的特色是发行《书评杂志》双月刊。不但由会员提供心得报告,并邀请指导委员指正读书心得报告内容,再刊载于《读书园》单元中,与读者分享好书。

台湾师范大学成人教育中心,是执台湾地区读书会的牛耳,造就了一位读书会专家邱天助。

台湾师范大学成人教育研究中心,于1993年开始投入小区读书会的研究与实验。在教育行政主管部门、"文建会"等单位的大力支持下,再加上邱天助个人的热忱与投入,读书会竟然蜕变为生活的另一种选择,且于1997年1月16日成立"'台湾读书会发展协会'",并于7月发行革新版第一期《书之

旅》读书通讯月刊,在协会成立之前,台湾师范大学成人教育研究中心发展读书会的工作成果有:

1993 年	培训第一期小区妇女读书会领导人 25 人（基础班）
1994 年	培训第二期小区妇女读书会领导人 23 人（基础班）
	培训第三期小区妇女读书会领导人 25 人（基础班）
	协助办理宜兰、苗栗文化中心培训读书会领导人
	办理第一次"书与人对话"座谈会
1995 年	培训第四期小区妇女读书会领导人 22 人（基础班）
	第一、二期学员进阶班培训
	协助北县、竹县市、桃园文化中心培训领导人
	办理第二次"书与人对话"座谈会
	《书之旅读书会通讯月刊》第一期发刊
1996 年	办理"文建会"台湾小区读书会领导人培训 48 人
	协助北市图书馆、教育局培训读书会领导人
	协助高雄县、彰化县文化中心培训读书会领导人
1997 年	办理第一届台湾读书会博览会
	元月出版《读书会专业手册》（张老师出版社）

（详见革新号 1997 年 7 月第十卷第 1 期《书之旅》读书会讯月刊,第 5 页）

"台湾读书会发展协会"的成立,是以师大成人教育研究中心结业 130 位读书会领导人及邱天助为主的一群人,认为读书会的发展将正式迈入成熟发展阶段,无论是辅导读书会的成立、拓展读书会参与层次或是提供读书会的专业信息,读书会的发展极需要一个更专业、更独立的团体来推动,于是这群人在邱天助的指导之下,"读书会发展协会"与"文建会"连手推出新网站"台湾地区读书会网络联盟",为读书人提供 24 小时的新书评介、讨论与讯息交流。

"台湾读书会网络联盟"的网址:www.readclub.org.tw,固定的内容包括每月的畅销书介绍、讨论,并由专家撰写书籍的评介。其次,这个网站固定邀请作家回答网友提出的问题,建立作者与读书对话管道。当然,还有经营、设置读书会的方法服务,及各地读书会的活动讯息报导。

于是,所谓的阅读运动,或新阅读主义,似乎亦真的形成了。

在台湾读书会的形成、发展与演进过程中,我们知道其缘起是始于妈妈的读书会。不同的女性来来去去，相同的是，初时战战兢兢、缺乏自信、不擅表达，在往后互爱、互信、互助的交流下，加上知识、观念的洗练，经验的协助，渐渐地学会爱自己，找到真正令自己开心的法门，也是女性自觉的开始。回首来时路，不得不佩服陈来红、杨茂秀与毛毛虫儿童哲学基金会的前瞻与付出。

四、2000年开步走

在产、官、学的齐力推动之下，阅读俨然成为运动，而读书会更蔚为风气，依据1996年的调查，台湾读书会团体约有七百多个，但依据"文建会"《1999全台读书会调查录》（1999年6月）总共搜集了1 694个读书会通讯数据，并且有系统地介绍各读书会的成立简史、活动概况、阅读书目、特色等等。而这些都还是与"政府"有联系的读书会团体的统计，若包括一些隐性的团体在内，实际上当时约有六千个以上的读书会团体存在。

"文建会主委"林澄枝上任后，把"书香满宝岛"列为重点工作计划，希望带动民众的阅读风气，为了取法海外经验，1999年一月中旬，邀请台湾地区读书会负责人组成"'文建会'读书会领导人观摩考察团"，由林澄枝率团前往日本名古屋、京都、东京等地访问。观摩的读书会包括以一个家族、一个历史人物为讨论主题的美浓源氏论坛、佐藤一斋研究会，由企业文化延伸的PHP研究所、松翁会，以及以青年学子为对象的"台湾学校图书馆协议会"等。

一趟日本行，让"文建会主委"林澄枝印象深刻，决定将公元2000年定为"儿童阅读年"，把日本经验转化成为实际行动。"文建会"初步构想的"儿童阅读年"计划，包括：充实台湾文化中心图书馆原有儿童阅览室设备并举办相关活动；规划成立专业功能的"儿童文化馆"；针对视障儿童制作有声书；2000年台湾读书会博览会设立儿童主题馆；制作儿童文化传播节目；寻求与教育行政主管部门合作，鼓励小学利用早上上课前时间阅读课外读物的"晨间共读运动"；继续推动"故事妈妈，故事爸爸"工作；利用寒暑假办理"文化休闲列车——亲子游"活动，鼓励亲子阅读。（参见《联合报》1999年2月5日，记者李玉玲报导）

"文建会"委托台东师院儿童文学研究所的《台湾儿童阅读兴趣调查研究》（2000年2月）、《台湾（1945~1998）儿童文学100》（2000年3月），也适时出炉。

曾志朗于2000年5月接任教育行政主管部门主管，宣誓上任之后第一件事是要发起推动台湾地区"儿童阅读运动"。

其实，台湾地区儿童阅读的推动，其隐藏的动力，或与儿童文学有关。在台湾地区，儿童文学似乎一直被认为是边缘课程。以师范学校而言，始于1960年7月师范学校陆续改制为师专，师专的语文组开设有"儿童文学"选修课程。1973年度，广播电视曾播授师专"儿童文学"课程，由市北师葛林教授主讲。儿童文学于是深入各小学，曾蔚为写作的风气。

直到1987年月1日起，九所省市师专一致改制为师范学院。新制师院的一般课程，列有两个学分的"儿童文学"，且是师院生必修科目。1993年，空中大学人文系开"儿童文学"供学生选修。

于是，长期潜隐的能量遇曾志朗主管而爆发。教育行政主管部门于2000年7月19日召开"部务"会议，通过"台湾儿童阅读实施计划"。实施日程自2000年8月至2003年8月，为期三年。教育行政主管部门推动儿童阅读运动，其计划目标在于：

1. 营造丰富的阅读环境，奠定终身阅读习惯与兴趣。
2. 培养儿童阅读能力，使融入学习经验与生活脉络。
3. 发展思考性的阅读，增进儿童创造思维的能力。
4. 增进亲子互动关系，建立学习家庭并健全其生活。

（台湾儿童阅读实施计划修正版，教育行政主管部门，台北市，2002年1月，第1页）

其推广的对象是包括幼儿园、小学学童及其家长与教师。拟借由媒体的宣传、相关活动如举办座谈会、种子教师研习、充实阅读环境等方式着手，增进民众对阅读活动的重视，进而将阅读推展成为全民运动。

儿童阅读运动如火如荼展开，而后来的声势虽因曾志朗下台而受挫（继任主管黄荣村于2002年2月上任）。但所谓的儿童阅读则已根植。

如今，新任教育行政主管部门主管杜正胜继续推动儿童阅读。2004年7月26日《"国语"日报》第一版提出"推动儿童阅读，每年深耕一百校，新学年新策略，动员替代役男及民间志工进校园带领阅读"，记者陈康宜报导如下：

教育行政主管部门为了推动"'全台'儿童阅读计划"，从2004学年度起，将从拓展推动阅读人力着手，每年选择一百所焦点学校，在校内投注替代役、知识青年志工，以及民间阅读团体（如小区妈妈）等人力，除继续推动儿童阅读外，更希望儿童阅读的计划能深入偏远地区。

教育行政主管部门继连续四年每年编列三千万元新台币,充实各小学幼儿园图书资源后,从下学期起将调整推动儿童阅读的策略。教育行政主管部门负责人吴财顺说,每年选择的一百所焦点学校将以教育行政主管部门优先区学校为主,并扣除民间团体已经协助的部分,务必让各个偏远地区学校能够获得更多资源。

　　吴财顺说,这项计划将以"跨部会"方式进行,由于目前到校服务的替代役为四百名左右,与实际拥有教师证的两千名役男,还有一段距离,因此,将在近期内与"国防部门"洽谈,希望自明年开始逐年增加替代役到校服务的人数。

　　另外,由"青辅会"推动的知识青年志工,也将以营队方式带领学童阅读。而一直在民间努力推动阅读的团体如小区妈妈等,则会展开巡回讲座,希望能吸引更多小朋友加入阅读行列。

五、儿童阅读原则

　　个人认为阅读的本质是一种互动,一种休闲和游戏,是一种瞎子摸象式的探索与尝试;更是一种终生的本能行为或习惯。

　　而所谓的儿童阅读,并非运动所能促成。对儿童而言,阅读是本能,是游戏,只要可以舞动、品尝、触摸、倾听、观察,并且感觉周遭的各种讯息,孩子们几乎没有任何学不会的事情。因此,儿童的阅读,其关键在于有协助能力的大人。我们知道,每次阅读时,总是循着一定的循环历程。

　　其间的每一个环节都牵动着另一个结果,而这并不是由甲到丁这样是一个周而复始的循环;所以开始正是结果,而结果又是另一个开始。艾登·钱伯斯(Aidan Chambers)在《打造儿童阅读环境》(许慧贞译,天卫文化图书有限公司,2001.1,第1页)一书中,将其"阅读

循环"图例如下:

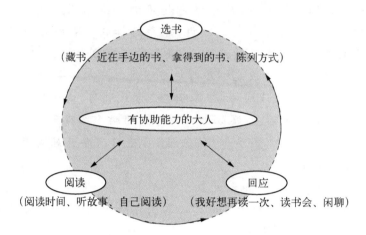

申言之,儿童阅读对父母与教师而言,个人看法如下:

(一)三项基本认识

1. 重视阅读指导

自 1996 学年度第一学期(8月)起实施的小学课程标准中,已有"课外阅读"。所以加强阅读指导是必然,亦是必须。

2. 从儿童文学作品切入,其间又以绘本为先

我们没有办法强迫儿童阅读他不喜欢的书。只有"乐趣"的儿童文学作品,才容易激发儿童禁不住要阅读的动机。

3. 亲子共读

不只是单篇短文的共读,更要迈向长篇且长时间的共读。

(二)执行原则

"以身作则"与"认清对象"。只要师长能有阅读习惯,并能提供阅读环境,儿童自然会喜欢阅读。同时,要认清儿童阅读需求;我们要明白成人感受的阅读乐趣在性质上跟儿童有所区别。

我们相信孩子是上天赐给父母的恩宠,以孩子的心,以孩子的情,以宽广的爱去教育孩子,就是回馈上天礼物的最好表现。

父母、教师如果懂得经营自己和经营环境,是启发孩子良好性格的动力。其实,经营之原则和方法,是建立在爱、尊重与肯定;更简单的是老生常谈的"以身作则"。

所谓的儿童阅读,即是在于阅读环境的营造。在营造中以身作则,在营造中重视主体性与自主性。于是,所谓的儿童阅读自有文化传承的共同记忆。

六、结　　语

眼见祖国大陆教育的变革与课程的开放,并见许多儿童文学工作者已参与课本的编写。所谓的知识经济的认识,以及终身学习的理念,亦已逐步落实。而加速落实,则以儿童阅读为先。愿以此共勉之。

附录：1945 年以来台湾地区与阅读相关书目

1945 年以来台湾地区读书会与阅读相关书目					
序号	书刊名	作者/编者/译者	出版地	出版者	出版年月	页数
1	怎样讲故事	王玉川 编著	台北	"国语"日报附设出版部	1961 年 05 月	392
2	小学图书管理与阅读指导	陈思培 编写	台北	台湾省学校教师研习会	1969 年 03 月	109
3	儿童读物的写作	林守为 著	台南	作者自印	1969 年 04 月	149
4	知识诞生的奥秘	梅棹忠夫 著/余阿勋、刘焜辉 译	台北	晨钟出版社股份有限公司	1971 年 04 月	147
5	怎样讲故事说笑话	祝振华 著	台北	黎明文化公司	1974 年 04 月	104
6	如何诱导孩子读书	光永贞夫 著/力争 译	台北	盐巴出版社	1976 年 09 月	216
7	儿童阅读研究	许义宗 著	台北	台北市立女子师专	1977 年 06 月	64
8	读书随感——杰出的读书指南	赫塞 著/李映萩 译	台北	志文出版社	1977 年 06 月	235
9	怎样对儿童讲故事	徐飞华 著	台北	五洲出版社	1977 年 08 月	158

续表

1945年以来台湾地区读书会与阅读相关书目						
序号	书刊名	作者/编者/译者	出版地	出版者	出版年月	页数
10	有效的读书方法	长青 编	台北	远流出版社	1977年10月	148
11	读书与人生	小林秀雄 等著/洪顺隆 译	台北	志文出版社	1977年12月	282
12	说故事	艾蓓德 著/胡美华 译	台东	财团法人基督教中国主日学协会出版社	1979年02月	224
13	怎样指导儿童课外阅读	邱阿涂 著	台中	台湾省"政府"教育厅	1981年03月增订版,1971年03月出版	62
14	读书的乐趣	T.V.史密斯 等著/蔡丰安 编译	台北	大汉出版社	1981年04月	179
15	有效读书法	雷恩&凯尔森 合著/教育研究中心 译	台北	淡江大学出版中心	1981年08年初版	48
16	青少年书房	林双不 著	台北	尔雅出版社	1981年10月	248
17	读书与考试	刘兆明、佘德慧、林镇西 等著	台北	张老师出版社	1982年06月初版;1983年02月增订一版;1985年07月增订再版	139
18	好孩子阅读指导	苏尚耀 编著	台北	联广图书公司	1982年08月	149
19	闲情	陈铭磻 主编	台北	出版街杂志社	1983年03月	205
20	大书坊	梁实秋 等著	台北	联合报社	1984年07月	370

续 表

1945 年以来台湾地区读书会与阅读相关书目					
序号	书刊名	作者/编者/译者	出版地	出版者	出版年月	页数
21	我最喜爱的一本书	薇薇夫人 主编	台北	"国语"日报附设出版部	1984年12月	239
22	百篇作家读书记——风檐展书读	夏祖丽 编	台北	纯文学出版社	1985年01月	609
23	读书方法	史塔顿（Thomas F. Staton）著/李鸿长 译	台北	联经出版事业公司	1985年04月	69
24	读书这玩意儿	杨牧谷 著	台北	校园书房出版社	1985年07月	223
25	读得更好.读得更快——有效阅读的最新方法	德立弗 著/黄慧真 译	台北	桂冠图书股份有限公司	1985年09月	291
26	幼儿园儿童读物精选	华霞菱 著	台北	"国语"日报附设出版部	1985年12月	189
27	读书乐——书评书目选集	林景渊 选编	台北	财团法人洪建全教育文化基金会附设书评书目出版社	1986年03月	286
28	书中书	苦苓 著	台北	希代书版有限公司	1986年09月	249
29	一本好书	周锦 著	台北	美国 旧金山加州州立大学中国现代文学研究中心	1987年03年	254
30	琦君读书	琦君 著	台北	九歌出版社有限公司	1987年10月	285
31	如何在空大有效学习	空中大学研究处	台北	空中大学	1988年04月	206

续 表

1945年以来台湾地区读书会与阅读相关书目					
序号	书刊名	作者/编者/译者	出版地	出版者	出版年月	页数
32	为孩子选好书	林玉体 主编/曹之鹏、王正明 著	台北	时报文化出版企业有限公司	1988年10月	166
33	说故事的技巧	陈淑琦 指导/文化大学青儿福系儿童读物研编中心撰文	台北	时报文化出版企业有限公司	1988年11月	210
34	台湾儿童文学学会儿童阅读指导学术研讨会手册	郑明进 主编、洪文琼策划、林武宪 等著	台北	台湾儿童文学学会	1989年12月	98
35	儿童阅读指导学术研讨会手册	林武宪 等著	台北	台湾儿童文学学会	1989年12月	98
36	图书馆与阅读指导	胡炼辉 编著	台北	台湾书店	1989年12月	260
37	读书术	林郁 主编	台北	新潮社文化事业有限公司	1990年01月	167
38	儿童书的排行榜（儿童阅读趣向调查研究报告）	邱阿涂 编著	宜兰	宜兰县教育辅导团	1990年02月	148
39	幼儿阅读现况调查研究	信谊基金会学前儿童教育研究发展中心	台北	信谊基金会	1990年05月	105
40	学海无涯	自由青年 主编	台北	正中书局	1990年09月	145
41	亲子共拥书香	吴幸玲、吴心兰、陈玟如、杨锦銮 等著	台北	牛顿出版股份有限公司	1991年04月	210

续　表

1945年以来台湾地区读书会与阅读相关书目					
序号	书刊名	作者/编者/译者	出版地	出版者	出版年月	页数
42	书梦——与小朋友谈读书乐	林焕彰 主编	台北	正中书局	1991年04月	142
43	有效的读书方法	小林良彰 著/陈丽惠 译	台北	幼狮文化事业公司	1991年04月	114
44	两岁小孩会读童话书	陈惠珍、蔡灯锹 编著	台北	大唐出版社	1991年05月	180
45	书香与社会	"行政院新闻局"编印	台北	"行政院新闻局"	1991年09月	86
46	书缘	刘小梅 著	台南	"中华日报"出版部	1992年02月	245
47	适合大专学生阅读之文艺作品调查研究	台湾地区文艺基金管理委员会	台北	"台湾文艺基金管理委员会"	1992年05月	145
48	培养爱读书的孩子	陈龙安 主编	台北	汉禾文化	1993年01月	183
49	袋鼠妈妈读书会	陈来红 著	台北	毛毛虫儿童哲学基金会	1993年08月	162
50	孩子一生的阅读计划	林满秋、马念慈 撰文	台北	天卫文化图书公司	1993年11月	254
51	传灯	陈来红 著	台北	毛毛虫儿童哲学基金会	1993年11月	159
52	如何教宝宝读童话书	蔡镫秋、陈惠珍 编著	台北	世茂出版社	1993年12月	185
53	书架上的精灵——创意阅读指导	吴美玲 编著	台北	红番茄文化事业有限公司	1994年01月	147
54	童书非童书	黄乃毓、李坤珊、王碧华 等著	台北	财团法人基督教宇宙光传播中心出版社	1994年05月	281

续表

1945年以来台湾地区读书会与阅读相关书目					
序号	书刊名	作者/编者/译者	出版地	出版者	出版年月	页数
55	儿童图书的推广与应用	洪文琼 著	台北	传文文化事业有限公司	1994年06月	121
56	如何做个快乐的读书人	郭良蕙 等著	台北	开今文化事业有限公司	1994年12月	183
57	亲职教育读书会带领人训练手册	社会教育馆	台北	社会教育馆	1994年12月	75
58	有效的读书方法	陈家莉 著	台南	丽文文化事业股份有限公司	1995年05月	63
59	我说故事给你听	李彩銮 著	台北	交通部门邮政总局	1995年07月	91
60	童书王国	黄宣勋 主编	台北	正中书局	1995年08月	135
61	我的读书周记	沙永玲 总编辑/赵永芬 撰文	台北	天卫文化图书有限公司	1995年10月	143
62	幸福的种子——亲子共读图画书	松居直 著/刘涤昭 译	台北	台湾英文杂志社有限公司	1995年10月	182
63	台湾科学类儿童读物调查研究（1985~1994）	陈美智 著	台北	汉美图书有限公司	1995年10月	142
64	阅读运动——读书会参与手册	天卫文化图书有限公司	台北	天卫文化图书有限公司	1996年04月	287
65	不同季节的读书方法	傅佩荣 著	台北	九歌出版社有限公司	1996年04月	220
66	读书会专业手册	邱天助 著	台北	张老师文化事业股份有限公司	1997年01月	267

续 表

1945 年以来台湾地区读书会与阅读相关书目					
序号	书刊名	作者/编者/译者	出版地	出版者	出版年月	页数
67	如何培养阅读乐趣	吴建华 主编	台北	保健生活社	1997年03月	158
68	学习与你——通往成功快乐之路	天下编辑 著	台北	天下杂志	1997年04月	177
69	我把读书变简单了	正中书局 主编/余英时 等著	台北	正中书局	1997年04月	112
70	儿童书籍与故事妈妈推广手册	行政部门文化建设委员会	台北	"行政院文化建设委员会"	1997年04月	139
71	故事妈妈宝典	陈月文 著	台北	天卫文化图书公司	1997年05月	185
72	故事与讨论	赵镜中 译写	台北	台湾省学校教师研习会	1997年06月	180
73	阅读的乐趣	褚士莹、游干桂 等合著	台北	探索文化事业有限公司	1997年09月	229
74	我们是读这些书长大的	孙大伟 等著	台北	圆神出版社有限公司	1997年10月	223
75	书香满宝岛：好书分享	姚静宜 主编	台北	"行政院文化建设委员会"	1997年12月	251
76	新阅读主义	邱天助 编辑/林澄枝 等著	台北	"行政院文化建设委员会"	1998年	25
77	台湾小区读书会现况调查、远景评估与经营研究	研究者：林美琴	台北	赞助单位：台湾文化艺能基金会	1998年	80+3
78	有效学习的方法	主编：林清山	台北	教育行政主管部门	1998年01月	165

续　表

1945年以来台湾地区读书会与阅读相关书目						
序号	书刊名	作者/编者/译者	出版地	出版者	出版年月	页数
79	读书会　创造命运	曾文龙 著		金大鼎文文化出版有限公司	1998年01月	229
80	迈向学习社会	教育行政主管部门编印	台北	教育行政主管部门	1998年03月	63
81	读册做伙行——读书会完全手册	林美琴 著	台北	洪建全教育文化基金会	1998年03月	274
82	逛《ㄨㄤˋ书：青少年课外读物导览	周惠玲 著	台北	幼狮文化事业股份有限公司	1998年04月	148
83	读书会非常容易	何青蓉 主编	高雄	高雄复文图书出版社	1998年04月	130
84	书香缘——儿童读书会领导人参考手册	蔡胜德 总编辑	嘉义	嘉义市立文化中心	1998年06月	300
85	好书之旅——爱亚导游	爱亚 著	台北	幼狮文化事业有限公司	1998年10月	169
86	知讯力〔INFOLEDGE〕——大读书家的阅读策略	麦思 著	斗六	版图文化事业有限公司	1998年10月	254
87	谈阅读	Kenneth S. Goodman 著/洪月女 译	台北	心理出版社有限公司	1998年11月	254
88	在绘本花园里——和孩子共享绘本的乐趣	林真美 等著	台北	远流出版事业股份有限公司	1999年02月	98
89	来玩阅读的游戏	沈惠芳 编著	台北	萤火虫出版社	1999年02月	153

续　表

1945 年以来台湾地区读书会与阅读相关书目						
序号	书刊名	作者/编者/译者	出版地	出版者	出版年月	页数
90	童话里的智慧——和小孩在故事中成长	廖清碧 著	台北	探索文化事业有限公司	1999 年 02 月	221
91	爱书人的喜悦——一个普通读者的告白	安·法第曼 著（Anne Fadiman）/刘建台 译	台北	双月书屋有限公司	1999 年 02 月	206
92	阅读地图：一部人类阅读的历史	阿尔维托·曼古埃尔（Alberto Manguel）著/吴昌杰 译	台北	台湾商务印书馆股份有限公司	1999 年 06 月	492
93	1999 台湾读书会调查录	台湾地区读书会发展协会	台北	台湾读书会发展协会	1999 年 06 月	353
94	读好书的不同方法	傅佩荣 著	台北	财团法人洪建全教育文化基金会	1999 年 07 月	241
95	我是坏小孩？——猫头鹰说故事的心情笔记	李苑芳 著	台北	台视文化事业股份有限公司	1999 年 07 月	236
96	读书会一般与阅读素养指标建立与评估报告书	何青蓉 主编	台北	"行政院文化建设委员会"	1999 年 07 月	116
97	书与生命的对话	季欣麟 等著	台北	天下远见出版股份有限公司	1999 年 09 月	227
98	童书是童书	黄乃毓 著	台北	财团法人基督教宇宙光全人关怀机构	1999 年 10 月	301

续 表

序号	书刊名	作者/编者/译者	出版地	出版者	出版年月	页数
	1945年以来台湾地区读书会与阅读相关书目					
99	儿童读书会DIY	林美琴 著	台北	天卫文化图书有限公司	1999年10月	171
100	成人读书会：探索团体的经营	毛毛虫儿童基金会成人读书会研究小组 编著	台北	"行政院文化建设委员会"	1999年10月	175
101	穿一件故事的彩衣——故事妈妈的服务经验	毛毛虫儿童基金会故事妈妈研究小组 编著	台北	"行政院文化建设委员会"	1999年11月	123
102	小区儿童读书会带领人入门手册	毛毛虫儿童基金会儿童读书会研究小组 编著	台北	"行政院文化建设委员会"	1999年12月	181
103	梦想的翅膀——儿童阅读飞越2000年	郝广才 总编辑	台北	格林文化事业股份有限公司	1999年12月	95
104	书虫读书会——书虫啃光我的书	张嘉真 著	台北	富春文化事业股份有限公司	2000年01月	171
105	台湾儿童阅读兴趣调查研究	林文宝 计划主持	台北	"行政院文化建设委员会"	2000年02月	76
106	为孩子读书的人	桂文亚 主编	台北	民生报社	2000年03月	178
107	宝宝读书乐——给0～3岁婴幼儿的小小图书馆	信谊基金会企划	台北	信谊基金出版社	2000年04月	62
108	生命教育一起来	张湘君、葛琦霞 编著	台北	三之三文化事业股份有限公司	2000年05月	245

续 表

序号	书刊名	作者/编者/译者	出版地	出版者	出版年月	页数
\multicolumn{7}{c}{1945年以来台湾地区读书会与阅读相关书目}						
109	三人行：大师·好书与您同行	赵映雪 著	台北	富春文化事业股份有限公司	2000年09月	310
110	阅读飞行：Reading 的无限可能	阿部谨也 著/林雅慧 译	台北	台湾广厦出版集团财经传讯出版社	2000年09月	217
111	上阅读课啰！	许慧贞 著	台北	天卫文化图书有限公司	2000年09月	186
112	孩子乐读书：与孩子共享阅读的乐趣	张秋雄 著	台中	日之升文化事业有限公司	2000年10月	214
113	想象与知识的王国——阅读	唐泽 译写	台北	格林文化事业股份有限公司	2000年12月	153
114	说不完的故事——故事推广手册	林文宝 总编辑	台东	台东师范学院儿童文学研究所	2000年12月	123
115	板桥妈妈故事园	林秀儿 著	台北	台北县板桥市故事协会	2000年12月	203
116	打造儿童阅读环境	艾登·钱伯斯（Aidan Chambers）著/许慧贞 译	台北	天卫文化图书有限公司	2001年01月	175
117	图画书狂想曲	许慧贞等编著	台北	萤火虫出版社	2001年01月	88
118	说来听听：儿童、阅读与讨论	艾登·钱伯斯（Aidan Chambers）著/蔡宜容 译	台北	天卫文化图书有限公司	2001年02月	175
119	阅读生机	杨茂秀 主编	台北	教育行政主管部门	2001年02月	206

续 表

序号	书刊名	作者/编者/译者	出版地	出版者	出版年月	页数
	1945年以来台湾地区读书会与阅读相关书目					
120	阅读的十个幸福	丹尼尔·贝纳（Daniel Pennac）著/里维 译	台北	英属维尔京群岛商高宝国际有限公司台湾分公司	2001年03月	206
121	教孩子轻松阅读	胡炼辉 著	台北	"国语"日报社	2001年03月	275
122	从听故事到阅读	蔡淑英 著	台北	富春文化事业股份有限公司	2001年03月	183
123	小小爱书人——0~3岁婴幼儿的阅读世界	李坤珊 著	台北	信谊基金出版社	2001年04月	154
124	亲子共读专刊：欢喜阅读	连翠茉 编辑	台北	远流出版事业股份有限公司	2001年04月	117
125	阅读四季——亲子阅读指导手册	台湾师范大学家庭教育中心执行编撰	台北	教育行政主管部门	2001年04月	77
126	青少年读书会DIY	林美琴 著	台北	天卫文化图书有限公司	2001年04月	212
127	终生学习就从儿童阅读开始——九十年度全台儿童阅读周专辑	宋建成 主编	台北	台湾地区图书馆	2001年04月	96
128	欢喜阅读	连翠茉 主编	台北	远流出版事业股份有限公司	2001年04月	117
129	打开亲子共读的一扇窗	林芝 著	台北	幼狮文化事业股份有限公司	2001年05月	172
130	多元智慧能轻松教——九年一贯课程统整大放送	张相君、葛琦霞 编著	台北	天卫文化图书有限公司	2001年06月	187

续 表

1945 年以来台湾地区读书会与阅读相关书目							
序号	书刊名	作者/编者/译者	出版地	出版者	出版年月	页数
131	一篇故事解决一个问题——儿童心理丛书亲师手册	王秀园 著	台北	狗狗图书有限公司	2001 年 06 月	128
132	和小朋友玩阅读游戏——儿童绘本亲师手册	邹敦怜 著	台北	狗狗图书有限公司	2001 年 06 月	198
133	阅读的风貌	张惠菁 主编	台北	英属盖曼群岛商网络与书股份有限公司台湾分公司	2001 年 07 月	140
134	亲子共读专刊2：我·会·爱	柯华葳 等著	台北	远流出版事业股份有限公司	2001 年 07 月	117
135	读书会任我游	林贵真 著	台北	尔雅出版社有限公司	2001 年 07 月	334
136	大家一起来阅读	段秀玲、张淯珊 著	台北	幼狮文化事业股份有限公司	2001 年 10 月	181
137	绘本与幼儿心理辅导	吴淑玲 著	台北	五南图书出版股份有限公司	2001 年 10 月	240
138	踏出阅读的第一步	美国国家研究委员会 编著/柯华葳、游婷雅 译	台北	信谊基金出版社	2001 年 11 月	168
139	以素直精神经营读书会群	简静惠 著	台北	财团法人洪建全教育文化基金会	2001 年 11 月	204
140	亲子共读专刊3：带着绘本去旅行	邱引 等著	台北	远流出版事业股份有限公司	2001 年 11 月	118

续 表

序号	书刊名	作者/编者/译者	出版地	出版者	出版年月	页数
	1945年以来台湾地区读书会与阅读相关书目					
141	142个阅读起点	詹姆斯·柏克（James Burke）著/萧美惠 译	台北	蓝鲸出版有限公司	2001年11月	334
142	带着绘本去旅行	连翠茉 编	台北	远流出版事业股份有限公司	2001年11月	118
143	童书久久	柯倩华 等撰	台北	台湾阅读协会	2001年11月	119
144	踏出阅读的第一步	M. Susan Burns, Peg Griffin, and Catherine E. Snow, NRC编辑群 著/柯华葳、游婷雅 译	台北	信谊基金出版社	2001年11月	168
145	朗读手册：大声为孩子读书吧！	吉姆·崔利斯 著（Jim Trelease）/沙永玲、麦奇美、麦倩宜 译	台北	天卫文化图书有限公司	2002年01月	234
146	图画书狂想曲2	许慧贞 等编著	台北	萤火虫出版社	2002年02月	88
147	亲子共读有妙方	黄乃毓 著	台北	财团法人基督教宇宙光全人关怀机构	2002年02月	125
148	刘清彦的烤箱读书会	刘清彦 著	台北	财团法人基督教宇宙光全人关怀机构	2002年03月	239
149	乐趣读书会DIY	江连居 主编	台北	手艺家书局	2002年03月	278

续 表

| \multicolumn{6}{c}{1945年以来台湾地区读书会与阅读相关书目} |
序号	书刊名	作者/编者/译者	出版地	出版者	出版年月	页数
150	抢救阅读55招——儿童阅读实用游戏	王淑芬 著	台北	作家出版社	2002年03月	167
151	亲子共读,齐步学习——九十一年度亲子共学季·图书学习运用研习会专辑	宋建成 主编	台北	台湾图书馆	2002年04月	87
152	大家一起来玩故事	林月娥 等著	台北	联经出版事业公司	2002年05月	207
153	亲子共读魔法DIY	张静文 著	台北	匡邦文化事业有限公司	2002年05月	237
154	亲子共学——客厅里的读书会	王淑芬 著	台北	幼狮文化事业股份有限公司	2002年06月	182
155	五个故事妈妈的绘本下午茶	林宝凤、蔡淑媖、叶青昧、林秀玲、郭雪贞 等著	台北	远流出版事业股份有限公司	2002年07月	129
156	玩出好心情,情绪教育动起来	潘庆辉 等编	新店	三之三文化事业股份有限公司	2002年08月	183
157	故事学	周庆华 著	台北	五南图书出版股份有限公司	2002年09月	425
158	教室vs.剧场——图画书的戏剧教学活动示范	葛琦霞 著	台北	信谊基金出版社	2002年09月	179

续表

	1945年以来台湾地区读书会与阅读相关书目					
序号	书刊名	作者/编者/译者	出版地	出版者	出版年月	页数
159	打开绘本说不完	花莲县新象小区交流协会编	台北	"行政院文化建设委员会"	2002年09月	128
160	童书三百聊书手册低年级一~四册	教育研究院筹备处研究组编	台北	教育行政主管部门	2002年09月	102
161	童书三百聊书手册中年级五~八册	教育研究院筹备处研究组编	台北	教育行政主管部门	2002年09月	108
162	童书三百聊书手册高年级九~十二册	教育研究院筹备处研究组编	台北	教育行政主管部门	2002年09月	104
163	打开一本书：兴华小学师生共读记录1	凌拂 总策划	台北	远流出版事业股份有限公司	2002年10月	150
164	打开一本书：兴华小学师生共读记录2	凌拂 总策划	台北	远流出版事业股份有限公司	2002年10月	198
165	打开一本书：兴华小学师生共读记录3	凌拂 总策划	台北	远流出版事业股份有限公司	2002年10月	116
166	不只爱读，还要会读	沈惠芳 著	台北	民生报社	2002年12月	132
167	阅读：新一代知识革命	齐若兰、游常山、李雪莉等著	台北	天下杂志股份有限公司	2003年01月	283
168	读书会难不倒你	沈惠芳 著	台北	天卫文化图书有限公司	2003年01月	151
169	管家琪作文——如何阅读	文：管家琪/图：赖马	台北	幼狮文化事业有限公司	2003年01月	213

续　表

1945年以来台湾地区读书会与阅读相关书目							
序号	书刊名	作者/编者/译者	出版地	出版者	出版年月	页数
170	故事妈咪A1	文：李赫/图：谬慧雯	台北	狗狗图书有限公司	2003年01月	61
171	动态阅读 Rhyme And Song	林秀儿 著	台北	台湾外文书讯房股份有限公司	2003年04月	320
172	读绘本，游世界：著名绘本教学与游戏	纪明美、黄金叶 等著/吴淑玲 主编	台北	心理出版社股份有限公司	2003年04月	280
173	创思教育飞起来	葛惠 等	台北	三之三文化实业股份有限公司	2003年04月	187
174	故事治疗——说故事在儿童心理治疗上的运用	Richard A. Gardner 著/徐孟弘 等译	台北	五南图书出版股份有限公司	2003年04月	315
175	读写新法——帮助学生学习读写技巧	Robert J. Marzano、Diane E. Paynter 著/王琼珠 译	台北	高等教育文化事业公司	2003年05月	175
176	图画书的生命花园	刘清彦、郭恩惠 等著	台北	财团法人宇宙光文教基金会	2003年05月	120
177	好好玩的"故事游戏"	陈月文 著	台北	知本家文化事业有限公司	2003年05月	135
178	如何阅读一本书	莫提默·艾德勒〈Mortimer J. Adler〉、查理·范多伦〈Charles Van Doren〉 著/郝明义、朱衣 译	台北	台湾商务印书馆股份有限公司	2003年07月	431

续表

		1945年以来台湾地区读书会与阅读相关书目					
序号	书刊名	作者/编者/译者	出版地	出版者	出版年月		页数
179	五年六班的读书单 完全爱上阅读手册	许慧贞、吴静怡、龙安小学五年六班 等著	台北	联经出版事业股份有限公司	2003年07月		169
180	读与写的第1堂课	桂文亚 著	台北	民生报社	2003年08月		122
181	中学生阅读策略	劳拉·罗伯 著/赵永芬 译	台北	天卫文化图书有限公司	2003年10月		307
182	打开绘本说不完	陈丽云编	台北	"文建会"	2003年10月		120
183	读书会结知己——实务运作手册	方隆彰	台北	尔雅出版社有限公司	2003年10月		200
184	小朋友最重要的二十种读书习惯	朴信植 著/元惠填 绘/李英华 译	台北	稻田出版有限公司	2003年11月		212
185	亲子共读：做个声音银行家	王琄 著	台北	幼狮文化事业股份有限公司	2003年12月		190
186	爱在阅读里研讨会手册	毛毛虫儿童哲学基金会	台北	毛毛虫儿童哲学基金会	2003年12月		67
187	鲜活的讨论！培养专注的阅读	Linda B. Gambrell & Janice F. Almasi 主编/谷瑞勉 译	台北	心理出版社股份有限公司	2004年01月		338
188	说故事谈情意	唐淑华 著	台北	心理出版社股份有限公司	2004年02月		242
189	轻松读好书	黄郁文 编	台北	翰林出版事业股份有限公司	2004年03月		303

续 表

1945 年以来台湾地区读书会与阅读相关书目					
序号	书刊名	作者/编者/译者	出版地	出版者	出版年月	页数
190	生命真精彩 运用图画书发现生命的新境界	吴庶深 著	台北	三之三文化事业股份有限公司	2004 年 04 月	187
191	故事结构教学与分享阅读	王琼珠 编著	台北	心理出版社股份有限公司	2004 年 05 月	251
192	让书香溢满童年	子晔 著	台北	动静国际有限公司·印记文化	2004 年 06 月	189
193	说故事的力量	Annette Simmons 著/陈智文 译	台北	脸谱出版社股份有限公司	2004 年 06 月	272

台湾地区儿童读物选书工具述论

一、前　　言

　　所谓的选书(Book selection)，是指一连串取舍图书的过程[①]，对于推动儿童文学来说，更是一项重要工作。林武宪指出推动儿童文学有六项工作，其中一项便是"加强儿童读物的评介工作"[②]。目的是像镜子一样照出读物的优缺点，供学校、图书馆、家长作为购书的参考[③]。项目很多，除了定期出版的评介专刊之外，还包括了报纸、妇女、家庭、教育杂志上儿童读物的评介专栏。至于"选书工具"，是指供人选择书籍之工具，而书目是最重要的一项。因此，个人曾把"好书大家读"等选书活动，列为台湾地区儿童文学发展史上的指标事件之一。研究生林玲远亦曾以"台湾地区选书工具初探"为题，撰写报告一篇，综观全文，具体而征。时下正流行阅读活动，2000年是儿童阅读年，"新政府"教育行政主管部门主管上台亦倡言"儿童阅读"。又适逢北市师院应用语言研究所邀稿，是以就学生报告扩而充之，并将题目定为"台湾地区儿童读物选书工具初探"。

　　申言之，不同背景的单位都有可能从事选书工作。以图书馆来说，选书被认为是建立馆藏的首要工作，王振鹄说"不论图书馆技术工作如何完善，或是组织与管理如何有效，其工作成败，首先取决于藏书"[④]。二十世纪初期，许多书评人原是儿童图书馆馆员，[⑤]就算这样，基于馆员能力与经费的限制，美国一些大型公共图书馆，如 Baltimore County Public Library、Fort Worth Public Library 等，都将他们儿童部门的选书工作委外处理。这些馆员认为将选书工作交出由出版商、代理商来执行，不但可以降低成本，还可以增加馆藏的时效性、新颖性，并且更符合读者的阅读兴趣。此外，他们也认为书商的出版消息、对新书的掌握能力都不见得要比馆员差，因此让这些书商参与选书工作绝对是有帮助的[⑥]。二十世纪后半叶，美国书评界已逐渐不再是儿童图书馆馆员称霸的天下。台湾的情形则一开始就不是图书馆界在主导，政府主持的好书选评活动一枝独秀数年之后，才有民间单位合作办理。对台湾的评书、选书活动来说，现在可说尚处于起步时期，但也可以说是正在充满可能性的开拓时期，正需要人们的注意与关心。

二、儿童读物选书的概况

　　选书之事，自古有之，孔子曾有"不学诗无以言""不学礼无以立"（见《论语·季氏》)之说。又《论语·述而》:"子所雅言,诗、书、执礼,皆雅言也。"可见孔子平日常以诗、书、礼教弟子。而后,儒士非但要具有礼、乐、射、御、书、数等六艺之必要的知识与技能,更要有五经的基本学养。至南宋,朱子于孝宗淳熙年间(1174~1189),合辑《论语》《孟子》《大学》《中庸》成集,名为"四子书"、通称为"四书",元仁宗皇庆二年(1313年)以后,成为科举士子必读书。

总之,所谓选书或必读书目,历代有之。期间或以清末张之洞的《书目答问》为集大成。

台湾地区的儿童图书目录,虽然始于1957年⁷,但目录无关选书。而本文所指选书,其阅读对象上限是国中生。以下略述台湾地区有关儿童读物选书的缘起与概况。

台湾的好书评选活动,基本上是由"政府"机构主导。1976年台湾地区"新闻局"对出版事业的辅导工作正式迈出了脚步。1976到1979之间,虽然协助出版事业突破经营困境等已经成了新闻局固定的施政方针,但是对于优良出版品以金鼎奖方式鼓励究竟是应以其质量优良为导向,还是以其出版品绩优为导向,尚未成定论。同时究竟应新闻、杂志、图书、有声四类,每年同时办理,还是分类来年办理,限于经费也未能形成共识,这种经费拮据、政策摇摆的情形在1980年有了全面的改善。这一年的金鼎奖确立了四大类每年同时办理,以及以质量优良为导向原则。1981年为使台湾地区民众皆知道金鼎奖为民众选出的台湾地区出版年度好书,首创"中视"转播金鼎奖。

金鼎奖虽首开选书风气之先,但儿童读物亦仅是图书类中八类之一而已。⁸真正纯以儿童读物相关的选书,则以"行政院新闻局"推介优良中、小学生课物为先。这个选书活动,始于1982年,并订有"印制发行中、小学生课外读物辅导要点"(见附录一),⁹以后逐年公布入选清册。第二次推介清册里公布参与评选委员名单。

这个活动,自1995年6月第十三次推介优良中小学生课外读物清册起,有了彩色封面的印制。1996年又设立"小太阳奖"。"小太阳"三个字是取自林良先生的《小太阳》,取喻青少年及儿童成长过程中,有如太阳般光明、温暖、活泼。所谓"小太阳奖",是从推介书目中,依类别各推出一项"小太阳奖",同时取消"最佳翻译"奖项。

台湾省、台北、高雄两市,亦仿效"新闻局"有中、小学生优良读物推介活动,只是效果似乎不彰。

在众多的选书活动中,最不能忽视者当属"好书大家读"。"好书大家读"活动在桂文亚女士推动下,于1991年1月,由台湾儿童文学学会、台北市图书馆、民生报联合举办,其旨为推广读书风气,提供儿童图书信息,鼓励出版优良儿童读物及落实"儿童读好书,好书不寂寞"之基本理念。

因推动"好书大家读"活动的举动,停止了金龙奖的推选活动。

"好书大家读"活动,由于主办单位力求评鉴制度之严谨,这项活动已广受儿童文学界及出版界之重视与肯定。而创办者之一的台湾儿童文学学会,却于1997年,因故退出这项活动。"文建会"自1997年参与此项活动,并补助部分经费。1998年起,"文建会"全额补助。自2000年起,交由台北市图书馆承办。

在众多选书活动中,信谊基金会的选书以幼儿为主。而《中国时报》开卷版最佳童书与联合报读书人版最佳童书,则最具媒体效应。

试将相关儿童读物选书活动列表如下:

活动	起始年代	主办单位	备注
金鼎奖	1976	"行政院新闻局"	四大类,其中图书部分八类,儿童读物只是其中一类。
"行政院新闻局"推介优良中、小学生课外优良读物	1982	"行政院新闻局"	免费提供全台各中小学。 出版社自由提报作品。
台湾图书馆基本图书选目——儿童文学与儿童读物类	1982.6	中国图书馆学会编印	
中学生好书书目	1984.12	明道文艺杂志社	
金龙奖	1988	台湾儿童文学学会	因民生报儿童版合办"好书大家读"而停止。
儿童课外读物展览及评鉴实录	1990.9	教育资料馆编印	1993.2出版《青少年课外读物展览及评鉴实录》一书。
《中国时报》开卷版最佳童书	1990	中国时报	出版社提供书,亦主动跟出版社要书。
"好书大家读"活动	1991	由民生报发起,合办单位每年不一	1. 由台湾儿童文学学会、民生报儿童版、台北市图书馆联合承办。 2. 出版社自由提报作品。

续 表

活动	起始年代	主办单位	备 注
书林采风	1992.6	台湾文艺基金会管理委员会	卓英豪策划
《幼儿的110本好书》	1993.6	信谊学前教育基金会	1995年3月又出版《1992、1993年幼儿好书书目》
儿童好书书目	1993.11	台北市图编印	汇集各种奖项书目
联合报读书人版最佳童书	1994	联合报	出版社提供书,亦主动跟出版社要书。
小太阳奖	1996	"行政院新闻局"	针对本土创作图书,不考虑翻译及中国大陆作品。出版社自由提报作品。
台湾(1945～1998)儿童文学100	1999.3	"文建会"主办、东师儿文所承办	

至于相关选书工具书目,则见附录二。

三、选书工具之限制

评选好书并编辑成册,其过程既繁琐且漫长,尤其是涉及主办者与参与者的图书"选择政策"与"选择标准"⑨。"选择政策"与"选择标准"是相关而性质却不同的两种规定,一般说来,选择政策是原则性说明,亦即对选书范围及性质的明确指示。凡是政策中被列为"不采购"或"全部采购"的数据项者,便无庸再引用任何"选择标准"。至于"选择政策"条文中"适当"及"尽量"字义,便必须引用"选择标准"来阐明,加上主事者的判断力来考虑取舍。如行政部门新闻1982年1月22日瑜版一字第01164号函公布实施的"印制发行中小学生课外读物辅导要点"当属政策范围,而其第二次推介《清册》中"说明":

> 本局于一九八二年十一月首次办理优良中、小学生课外读物之推介,计推介书刊一二五种(图书一二〇种三三〇册,杂志五种),获得社会各

界回响。本年继续办理二次优良中、小学生课外读物之推介工作,省、市新闻处及本局分别就出版后送备之书刊,择优推荐参选,计有三一三种(图书二八〇种五五二册,杂志廿三种)。该批书刊经由16位评选委员,自本年六月六日起至六月廿七日止,为时三个星期慎重评选后,决定推介其中一四二种(图书一三六种二三五册,杂志六种)。未能入选之书刊,其主要原因是未能符合"印制发行中、小学生课外读物辅导要点"之有关规定;评选委员咸认为,凡采用五号字并加注音,或使用花纹迷彩衬底印刷,或插图不清,或纸张太薄以致油墨渗透至背面,或文字排列直式横式不明确,或内容、插图不合乎地区情况等,均不宜入选。另基于创作重于模仿之原则,入选之书刊尽量以台湾地区人士创作为主。(见第1~2页)

这是评选标准,但亦不离评选政策,所谓的"辅导要点"虽几经修订,但在第十三次推介清册中已不见,取而代之的是"评审委员的话"。

虽然评选好书原则上都有政策与标准,且亦公布评选过程,但皆不尽如人意。其间,北市图《儿童好书书目》(1993年11月出版)是较为单纯的选书,其"编辑凡例"说明其收录范围:"自1983年至1993年止,各奖项获奖之中文儿童类图书汇编而成"。可见评选好书的先行条件,是评选政策与标准的确订,而这些所谓的评选政策与标准,又是争议之处。当然,财力亦是困扰处。因此我们认为评选好书工具之限制,亦缘此而生,以下试论之:

(一)"好书"标准的客观性

东吴大学中文系曾经调查书店的童书排行榜,并与好书推荐作比较发现,"国语"日报表示现在有些好书推荐的评选过程中,由于推荐的书籍很多,而学者专家又必须在极为有限的时间内完成评荐工作,因此容易造成评荐时切入角度的不公。而亲亲文化城则反映有些送评的童书由于采抽样的方式,因此在客观性上难免令人质疑[⑩]。其实所谓的好书,本来就牵涉许多主观意识。林焕彰便认为,所谓的"优良读物",是没有一定准则,常有见仁见智的看法;而且,对知性和感性读物的要求,也应有不同的标准[⑪]。主持评选往往是一件吃力不讨好的工作,《"中国"时报》开卷版前主编莫昭平在一次演讲中,与听众分享了评书的种种"爱恨情仇",并很无奈地说明他们当时的选书标准可以说是"没有标准的",因为实在没有办法用一段很具体的话或文字,说出他们怎么选书,或是"开卷版"认为怎么样的书是好书。但是那标准确实是存在的,莫主编认为如果常常看"开卷版"的话,也许慢慢就会揣摩出他们的标准在哪里[12]。《联合报》副刊主编苏伟贞认为,关于好书推荐的标准,就像人体血液的新陈代谢,有价值的必将在营养全身器官后与生命共生,否则自然淘汰[13]。这些形容虽然显得模拟两可、难以具体,但比较起条列式明白清楚的评选准则而言,也许反而更能贴切地形容出评选者心中那把难言的尺。

尽管如此,增加客观性以求公正、公平,以免遗珠之憾,仍是人们追求的目标。如何接近这样的目标呢?黄海认为:比较科学的方法就是,加以分级,再评选出不同名目的"创作童话好书""创作少年小说好书""制作好书""图画好书""改写中外故事好书""翻译好书""电子好书",必要时还可以选出"年度最佳插画""年度最佳童话或少年小说"等等不同类别[14]。以"好书大家读"来说,刚开办时,参选书籍不多,评委有点类似包工者,无论是科学性读物、图画故事或文学综合作品,均得一一阅读。后来由于成长太快,送来参选的书籍太多,才分为科学读物与文学综合两组,但后者的量仍然继续成长,有时一梯次每位评选者要细读近两百册书,因此,文学综合组从1997年起细分为图画故事与文学综合两组[15]。由于不同类型书籍的标准不同,合并比评不但增加评选者的工作量,更重要的是缺乏合理性。

以"小太阳奖"来说,桂文亚认为,"小太阳奖"在分类与分龄上,区分得不够精密,因此造成散文、小说、诗歌,或中、小学读物竞逐一个奖项的不合理状况,也让评审在选择客观评比标准时,充满困惑[16],这才是分类不够清楚时可能造成的最大问题。

(二)流通与管道

好书推荐的功能在于刺激精神层面的阅读风气,推动优良读物出版。然而,关于报章杂志上最佳童书的评选方面,约有百分之四十四的孩童不知道这种讯息,若孩童知道最佳童书评选讯息,其父母或孩童本身约有百分之九十六的人数比例都有遵照专家意见,购买最佳童书的经验。可见父母与孩童的购买信息,仍是息息相关。故评选童书,实具有超然而重要的任务和影响[17]。书店于店内销售推荐童书时的摆设方式几呈开架式,这种型态颇有商业促销的意味。然而对此联经出版公司则认为:书籍不似其他物品,它在被购买前是可让消费者先翻阅的,消费者有权决定是否购买。所以这种开架式的书籍陈列方式只表示这些好书被注意的机会较大,但绝非一定会被购买。而新学友书店亦表示,把这种开架式的好位子提供给读者以便于阅览所推荐的书,其实对评效有损失,因为有时叫好不叫座。事实上,我们不能忽略的是平面式的书籍摆设本可刺激消费,而且又经过专家、学者的推荐,当然更可使读者产生强烈的购买欲了⑱。这些都是好书选评之后需要注意的下游发展工作,关系到选书工作效能是否彰显,并且可以供回馈检讨工作本身存在的意义。

张子樟认为:"好书大家读"活动最令人遗憾的是,下游推广工作未能做好。每年的好书选出后,编印成册,但家长并不知有这样值得参考的购书指南,这种现象以中南部、东部最为严重。另外,出版商出了好书,却苦无出路,出版意愿自然会降低,如此循环下去,出版业必遭扼杀,这点并非我们所乐见的。目前"全省"中小学不下三千所,如果每间学校都能购买一册选出的好书,则好书的第一版有了出路,出版商当然乐意再出好书"⑲。可见从事选书工作并不能只注意工作本身,还应关心到后续应用上的发展,毕竟这是一个相扣的环状关系。

(三)选书工具的缺乏

所谓的选书工具包括一些标准书目、出版目录、期刊之专业书评等,以美国来说,有关儿童出版品的专业选书工具相当多。对有心者而言,美国的童书书评可谓到处都看得到⑳。

至于台湾地区,虽然有前面列举的选书工具,但以目前儿童出版市场日渐蓬勃的情况来看,台湾地区有关儿童资料的选书工具仍明显不足,而且有些选书工具的年代久远,已丧失了利用的时效性。

另外,台湾地区童书界似乎有只见导读不见评论的现象,之所以形成这种现象可能有两方面原因,一是台湾童书评论的观点和基础,仍然不够丰富;二是童书界出版、作者、评论彼此间的关系错综复杂,因此要痛下针砭,其实也并不容易㉑。然而今天我们谈儿童文学,欲提升其质量,恳切而平实的书评将是一位创作者所迫切需要的。正如芭莎·莫阿妮·米勒(Bertha mehony mille)所言,"篇篇只有赞美没有批评的书评只会让创作者的笔渐渐钝去,唯有平实的批评才能削尖作家的笔"㉒。

四、选书工具之相关议题

王振鹄于《图书选择法》一书说:

图书选择的三大要素:选择人员对于图书应具备相当的知识,了解读者大众的需要,并能明智地利用图书资源。除这三项要素之外,图书选

择者还要有头脑有经验将这三大要素作适当的配合,作为实际工作的指针。(第16页)

如果深入思考为儿童选书的态度,就不得不注意到"选书行为,除与专业能力有关外,可能牵涉的是意识型态,这意识型态可能是隐而不显的,但却代表着整个社会对儿童的态度、人们对知识的看法,甚至对人之存在价值的想法。Perry Nodelman 在《阅读儿童文学的乐趣》(The Perry Nodelman Pleadures of children's Literature)一书中[22],用三章来讨论"文化、意识型态与儿童文学"之三种相关事项。选书行为涉及的意识型态,就儿童而言,可能就是对儿童主体性的漠视。

由英美儿童书评的发展历史来看,根据史料记载,第一位尝试有系统地评估儿童读物的人可说是英国的莎拉·由美(Satah Trimmer)。由美以身为孩子宗教信仰及社会礼教道德的守护者自居,因此她心目中的"好书"就是那些具有说教意味,教孩子们虔诚崇拜、坚定宗教信仰、修养美德、净化心灵的教条性书籍。为了保护孩子纯洁的心灵,远离污染身心的读物,她定期在教育的守护神里发表儿童书书评,教导家长如何选好书,并严厉抨击一些现今孩子们热爱的而她却贬为不道德、不妥的故事,例如《灰姑娘》《蓝胡子》《小红帽》等,还有现代人尊为古典名著的《鲁宾逊漂流记》《鹅妈妈童谣》[23]。可见儿童书的选书及书评一开始的出发点,是基于成人教化、保护儿童的目的。

十九世纪古人对儿童的态度也许令今人发噱,然而不可否认,今日儿童在成人看来,仍是较无知的、较缺乏应变能力、较不具坚持力的。这种看法下对童年最显著的影响就是剥夺儿童自由接近书本的权力,许多成人对决定儿童"什么不能读"比决定"什么可以读"还有兴趣,一本好书变成只要求没有可能不好的讯息、不描写不当的行为、也不会恐怖以免小孩晚上做恶梦。"我们有时候会取一种听来无害的名字,来称呼我们剥夺孩子的这种事情的过程:挑选书籍"[25]。

选书行为是必然的,学校或图书馆不可能有庞大经费能买起所有的出版品,而成人在选书上扮演着重要角色,要紧的是应时常慎重思考实际的选择原则。刘宗慧认为血腥、死亡、裸露这些都是该顾忌的,因为孩子需要被保护,但是"保护"应该是适度而合理的。我们应彻底检视这些作品是否真的会"伤害孩子",而最重要的检视原则应该是就作品的质量作深入评估[26]。孩子是自己的审查者,孩子对于喜欢或不喜欢的东西自有一套标准,大人所能做的是适时给予帮助,而非完全的主导,但这并不表示大人们不应关心孩子的阅读内容,而是应避免加入自己的主观判断。儿童馆员在选书时,不能因为自己的不了解而将某些资料加以排除,也不能因为书中内容与自己或社会的观点相冲突而不予考虑,更不能为了省去麻烦而不选某些作品,而是应该在对作品进行深入了解之后,尽量为孩子提供宽广的选择空间,开阔生活视野,不管这些作品是令人心痛或欢乐的。

五、结语与建议

台湾地区儿童文学的出版品正蓬勃发展,而选书工具虽亦有其历史,但似乎是辛苦地追在出版后面跑,尽管不同的评书单位会有自己的角度和出发点。但综观台湾地区儿童读物选书工具,虽然似乎有略似常设的专责单位,但仔细看来,总嫌专业不足,更缺乏主动性。而媒体的选书,更是弥漫着意识型态。所谓选书者,缺乏专业的读书人,似乎皆属临时结集,且被逼的阅读者,其陋在于缺乏长期的关心与观照。

"好书大家读"的活动,今年起经费由"文建会"全额补助,由台北市图书总馆承办。评选工作从出版社、新闻媒体手中交由专业的图书馆员,这是必须的过程,也是进步的征象。当然,我们更期待有专业学者的长期投入。

放眼天下,我们奢谈全球化,向往地球村,于是迷思于立足处。我们是经济的强区,却是文化的殖民。

申言之,台湾地区自 1987 年解除"戒严法",使台湾地区从此走向一条多元开放的道路。但就儿童文学而言,仍有本土化与国际化之争。这种争执主要是对殖民文化的反动,因此,它也是一种自然的趋势。每个人都将成为世界公民,但在同时又不能失去根本源头的认同,每个人都必须在所属的国家与地区扮演积极参与的角色。我们虽然要迈入国际化,但相对的,地方化、区域化的观念越来越受到重视。国际化和地方本土化到底如何去化除紧张,亦是不可避免的事实。吉妮特·佛斯(Jeannette Vos)、高顿·戴顿(Gordon

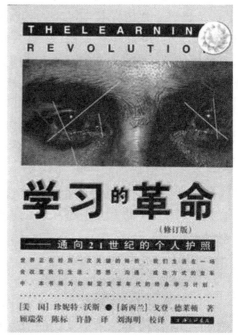

Dryden)于《学习的革命》(The Learning Revolution)中认为塑造明日世界有十五个大趋势,其中之十是"文化国家主义",他们说:

  当全球愈来愈成为一个单一经济体,当我们的生活方式愈来愈全球化,我们就愈来愈清楚的看到一个相反的运动,奈斯比称之为文化国家主义。

  "当世界愈来愈像地球村,经济也愈来愈互相依赖时,"他说,"我们会愈来愈讲求人性化,愈来愈强调彼此间的差异,愈来愈坚持自己的母语,愈来愈想要坚守我们的根及文化。

  即使是欧洲由于经济原因而结盟,我仍认为德国人会愈来愈德国,法国人会愈来愈法国。"

  再一次的,这其中对于教育又有极为明显的暗示。科技越加发达,我们就会越想要抓住原有的文化传统——音乐、舞蹈、语言、艺术及历史。当个别的地区在追求教育的新启示时——尤其在所谓的少数民族地区,属于当地的文化创见将会开花结果,种族尊严会巨幅提升。(1997年4月中国生产力中心版,林丽宽译,第43~44页)

  本土化、国际化,皆不悖离多元化。而所谓多元化、本土化的主张,不是口号,是趋势。在历经长期的努力,我们已经有了对台湾地区本土文化自然的情感。其实自1960年代末期,有愈来愈多的作家、学者对另一种殖民作为——新殖民主义,尤其是美国好莱坞文化及其商品侵略——开始注意。针对新旧殖民经验,如何界定自己本土文化,珍视传统文化再生的契机及其不同之处,便成为刻不容缓的课题。

  面对儿童读物的选书,如何重建我们的主体性与自主性。这是我们无法逃避的事实。至于意识形态亦是无可避免的事实,如果我们能认同:意识形态的概念是启蒙运动的产物,它是对思想的来源进行理性的分析,揭示社会法则与自然法则的一致性,清除宗教和形而上的浅见与谎言。因此,意识型态的概念,在其本义来的意义上是积极的、进步的。同时,它更是一个日益多元化社会的产物。[27]

  其次,文化的传承与儿童文化,似乎亦是意识型态的延伸。

  又所谓的导读,果真不如批评?

  为儿童选书、评书是一件良心工作,要谨慎面对。我们期待会有更多样的选书工具之外,更寄望重见我们的思考与反省,让既有的选书工具拥有优质水平,且发挥最大的功能。

附　　注:

① Jana Gardner Connor, *Children's Library Services Handbook*, Oryx Press, 1990:23.

② 见林武宪《推展儿童文学需要大家一起来》一文,出自《1991年优良儿童读物"好书大家读"手册》,第114页。

③ 同②,第115页。

④ 见台湾学生书局1987年7月五版《图书选择法》,第4页。

⑤ 见刘梅影《英美儿童书评的发展(下)》,出自《台湾儿童文学学会会讯》九卷一期,1992,第41页。

⑥ William W. Wan, "Collection Development: Shifting Paradigms in Children's Services—Report of the Program Sponsored by PLA Service to Children Committee", ALA Annual Conference(1995):179−80.

⑦ 见附录一。

⑧ 金鼎奖分新闻、杂志、图书、唱片四大类。而图书类又分人文社会科学、自然与应用科学、文学创作、艺术生活、儿童读物、漫画读物、综合等八类。

⑨ 见郑雪玫《儿童图书馆理论/实务》,1983年4月台湾学生书局,第74～75页。

⑩ 见周全等人《畅销书排行榜的缺席者——童书(下)》,出自《台湾儿童文学学会会讯》十卷五期,1994,第55页。

⑪ 见林焕彰《一个读者的基本要求——我心中的优良儿童读物》,出处同②,第121页。

⑫ 见莫昭平《"开卷在台湾"——读书刊物 vs 读者 vs 出版社》,出自《出版流通》44期,1995,第8页。

⑬ 见苏伟贞《当男好书遇上女好书——〈读书人〉的推荐精神》,出自《出版流通》42期,1995,第9页。

⑭ 见黄海《什么书才是"好书"?》,出处同②,第118页。

⑮ 见张子樟著《阅读的喜悦》,台北市:九歌出版社有限公司,1998年2月,第66页。

⑯ 见徐淑卿《只见导读,不见评论》,刊于《中国时报》开卷版,1998年4月23日。

⑰ 同⑩,第54页。

⑱ 同⑩,第 55 页。
⑲ 同⑮,第 68 页。
⑳ 见《谁扮黑脸诤友——借鉴美国儿童读物书评运作》,刊处同⑯。
㉑ 同⑯。
㉒ 同⑤,第 43 页。
㉓ 天卫文化图书有限公司 2000 年 1 月刘凤芯译本所言 3 章见第 86~169 页。
㉔ 同⑤,第 34~35 页。
㉕ 同㉓,第 107 页。
㉖ 见刘宗慧《儿童不宜的图画书》,1994 年 4 月,《诚品阅读》,第 1 页。
㉗ 详见戴维·麦克里兰著.意识形态[M].施忠莲译.台北:桂冠图书股份有限公司,1991.

附录一：

印制发行中小学生课外读物辅导要点

一、"行政院新闻局"为辅导出版业者提高中、小学生课外读物之印制质量，藉以维护学生视力健康，特订定本要点。

二、出版业者印制中、小学生课外读物，应依照下列规定：

（一）以正楷字印刷为原则，字体大小不得小于"教育部"所订各级学校教科书采用之字体标准：

1. 小学低年级：二～三号字。
2. 小学中年级：三号字。
3. 小学高年级：四号字。
4. 中学：四～五号字。
5. 高级中学：四～五号字。

（二）每行间隔不得小于字体百分之五十，每字间隔不得小于字体百分之二十五，如有注音符号者，字体与间隔均应加大。

（三）不得使用反光纸或颜色过分鲜明之纸张，并避免以花纹衬底。

（四）不得使用多种色彩印刷文字，或以彩色相间。

（五）印刷必须清晰，套色力求准确。

（六）于封面注明适宜阅读之年级。

三、地方"政府"新闻主管机关，应定期将字体合于规定、印刷精美及内容纯正之中、小学生课外读物，送请"行政院新闻局"会同有关单位评定公布，并向各级文教机构及中、小学校推介，作为选购之参考。

四、"行政院新闻局"对于印制不合规定、有损学生视力健康或身心发展之课外读物，除随时公布其名单外，并函请主管教育行政机关转知各中、小学校，劝告学生避免阅读。

五、"行政院新闻局"对于发行中、小学生课外读物字体合于规定、印制精美及内容纯正有益学生身心健康之出版业者，得予奖励。

附录二：

1945年以来，台湾地区出版的儿童诗歌论述书籍编目

刘昌博. 中国儿歌的研究. 1953.
黄基博. 怎样指导儿童写诗. 台湾文教出版社, 1972.
王天福, 王光彦. 儿童诗歌欣赏与指导. 基隆市教育辅导团, 1975.
林钟隆. 儿童诗研究. 益智书局, 1977.
黄基博. 怎样指导儿童写诗. 太阳城出版社, 1977.
朱介凡. 中国儿歌. 纯文学出版社, 1977.
陈东和. 教小朋友写童诗. 光田出版社, 1978.
李吉松, 吴银河. 童诗研究. 高雄市七贤小学, 1978.
徐守涛. 儿童诗论. 东益出版社, 1979.
许义宗. 儿童诗的理论与发展. 1979.
陈清枝. 儿童诗教学研究. 南投县水里乡民和小学, 1980.
廖汉臣. 台湾儿歌. "省政府新闻处", 1980.
陈义华. 儿童诗画论. 台北市万大小学, 1980.
林钟隆. 儿童诗指导. 快乐儿童漫画周刊社, 1980.
傅林统. 童诗教室. 作文出版社, 1981.
林焕彰. 儿童诗选读. 尔雅出版社, 1981.
林仙龙. 童诗欣赏集——赶路的月亮. 华淋出版社, 1981.
黄玉幸, 王丽雪. 儿童诗画曲教学研究. 台南市喜树小学, 1981.
陈传铭. 童诗欣赏. 高雄市十全小学, 1982.
陈传铭. 我也写一首诗. 高雄市十全小学, 1982.
洪中周. 儿童诗欣赏与创作. 益智书局, 1982.
邱燮友, 颜炳耀. 儿童诗歌欣赏与指导. 台湾汉语书店, 1982.
郑美俐. 诗歌教学研究. 台北市教育局, 1982.
童谣之分析研究. 基隆市正滨小学, 1982.
许汉卿. 童谣童诗的欣赏与吟诵. 台湾省"教育厅", 1982.
吴丽樱. 童诗教室. 第一画廊儿童才艺辅导中心, 1982.

陈进孟. 儿童诗欣赏. 野牛出版社, 1982.

林钟隆. 儿童诗观察. 益智书局, 1982.

陈传铭. 童诗欣赏 & 我也写一首诗(1)(2). 华仁出版社, 1982.

吕金清. 儿童诗歌欣赏习作. 1982.

冯辉岳. 童谣探讨与赏析. 台湾出版社, 1982.

陈佳珍. 小朋友欣赏童诗. 中友文化事业公司, 1982.

林树岭. 小学儿童读童诗(第一集). 金桥出版社, 1983.

陈木城, 凌俊娴. 童诗开门(全套三本). 锦标出版社, 1983.

林秀地. 诗歌初啼. 台北县板桥市莒光小学, 1983.

杜荣琛. 儿童诗写作与指导. "台湾省教育厅", 1983.

林焕彰. 牵着春天的手. 好儿童教育杂志社, 1983.

林仙龙. 快乐的童诗教室. 民生报社, 1983.

陈清枝. 春天——童诗教学创作集. 宜兰县清水小学, 1983.

洪中周, 洪志明. 儿童的笑脸. 野渡出版社, 1984.

陈传铭. 童诗病院. 高雄市十全小学, 1984.

有趣的中国儿歌. 幼福视听教育制作中心, 1984.

蔡清源, 黄双春. 布谷欢唱. 布谷出版社, 1984.

赵天仪策划, 郭成义. 儿童诗的创作与教学. 金文图书公司, 1984.

陈正治. 中国儿歌研究. 亲亲文化公司, 1984.

邱云忠. 童诗叮叮当. 惠智出版社, 1985.

黄文进. 童诗创作引导略论. 复文图书公司, 1985.

赵天仪. 如何写好童诗. 欣大出版社, 1985.

赵天仪. 大家来写童诗. 欣大出版社, 1985.

宋筱蕙. 儿童诗歌的原理与教学. 1986.

林文宝. 试论儿童"诗教育". "台湾省教育厅", 1986.

陈木城. 童诗的秘密. 民生报社, 1986.

吴恭嘉. 童诗的欣赏与创作. 台中县瑞丰小学, 1986.

蔡荣勇. 童诗赏析. 台中师专附小, 1986.

洪中周, 黄双春. 和诗牵着手. 1986.

吴余镐. 童诗·童诗. 1986.

陈文和. 童诗上路. 1986.

张月环. 童诗天地. 欣大出版社, 1987.

杜荣琛. 拜访童诗花园. 兰亭书店, 1987.

林清泉. 遨游童诗国度. 现代教育出版社, 1987.
林文宝. 儿童诗歌研究. 复文图书出版社, 1988.
朱锡林. 童心童语——童诗指导研究. 新雨出版社, 1988.
林淑英. 歌唱的彩蝶——诗歌教学研究. 台北市汉语实验小学, 1989.
萧萧. 青少年诗话. 尔雅出版社, 1989.
叶日松. 童诗夏令营. 欣大出版社, 1989.
林文宝, 林政华. 儿语三百则与理论研究. 知音出版社, 1989.
蔡荣勇. 读诗学作文. 台中师范学院, 1989.
林文宝, 林政华. 童诗三百首与教学研究. 知音出版社, 1989.
林文宝, 林政华. 儿童歌谣类选与探究. 知音出版社, 1989.
刘崇善. 儿童诗初步. 千华出版社, 1989.
宋筱蕙. 儿童诗歌的原理与教学. 五南出版图书公司, 1989.
江连君. 做个读诗写诗的快乐儿童. 百进出版社, 1990.
张清荣. 儿童文学创作论. 供学出版社, 1990.
陈千武, 洪志明, 洪中周. 儿童都是一首诗. 彰化县社教馆, 1990.
傅林统. 儿童文学的思想与技巧. 富春文化事业股份有限公司, 1990.
蔡荣勇. 童诗·散文齐步走. 欣大出版社, 1990.
蓉子. 青少年诗国之旅. 业强出版社, 1990.
冯辉岳. 你喜爱的儿歌. 富春文化事业股份有限公司, 1990.
徐守涛. 认识儿童诗. 台湾儿童文学学会, 1990.
林合发. 童诗天地. 尚禹轩文化公司, 1990.
蔡荣勇. 月亮谢谢您. 台中师院附小, 1990.
陈木城. 儿童诗创作与教学研讨会手册. 台湾儿童文学学会, 1990.
林政华. 儿童少年白话小诗赏读. 1990.
台东师范学院语文教育学系. 东师语文学刊——第四期. 台东师范学院, 1991.
冯辉岳. 客家童谣大家念. 武凌出版公司, 1991.
杜荣琛. 海峡两岸儿童诗比较研究. 培根儿童文学杂志社, 1991.
薛林. 童稚心灵皆是诗. 秋水诗刊出版社, 1991.
莫渝. 鞋子的家——儿童诗歌笔记. 富春文化事业股份有限公司, 1991.
林文宝. 认识儿歌. 台湾儿童文学学会, 1991.
江永明. 儿童文学研究(四)童诗专集(1). 台北市汉语实验小学, 1991.
林钟隆. 作文小百科(童诗篇). 正生出版社, 1992.
夏婉云. 坐在云端的鹅. 富春文化事业股份有限公司, 1992.

林本源. 创意童诗教室. 小畅书房,1992.

简上仁. 台湾的囡仔歌(三册). 自立晚报出版社,1992.

冯辉岳. 中国歌谣大家念. 武凌出版社,1992.

林仙龙. 童诗导读——小雨点. 华淋出版社,1992.

赵天仪. 儿童诗初探. 富春文化事业股份有限公司,1992.

吴当. 杨唤童诗赏析."国语"日报出版部,1992.

陈木城."国语"日报童诗选."国语"日报社,1992.

杜荣琛. 海峡两岸寓言诗研究. 先登出版社,1993.

陈育慧,陈淑慎. 童诗彩虹. 泉源出版社,1993.

杜萱. 童诗广角镜. 正中书局,1993.

陈千武. 童诗的乐趣. 台中县文化中心,1993.

郁沫. 童诗的孕育与诞生. 南投县文化中心,1993.

陈进孟. 我指导儿童写诗. 1993.

林良. 林良的诗."国语"日报社,1993.

张嘉真. 写诗写情. 富春文化事业股份有限公司,1994.

黄秋芳. 童诗旅游指南. 尔雅出版社,1994.

余治莹,曹正芳,林安玲. 童诗童话比较研究论文特刊. 中国海峡两岸儿童文学研究会,1994.

林文宝. 杨唤与儿童文学. 台东师范学院,1994.

康原. 台湾囡仔歌的故事(一、二). 自立晚报,1994.

吴当. 新诗的呼唤."国语"日报社,1995.

林文宝. 儿童诗歌研究. 铨民国际公司,1995.

陈正治. 儿童诗写作研究. 五南图书公司,1995.

龚显宗. 明代童谣的赏析与研究. 富春文化事业股份有限公司,1995.

叶日松. 童诗开奖. 民圣文化事业公司,1995.

赵天仪. 童诗万花筒. 民圣文化事业公司,1995.

颜福南. 大观园里妙童诗. 民圣文化事业公司,1995.

蔡荣勇. 亲爱的,我把童诗改作文了. 民圣文化事业公司,1995.

柯锦锋. 童诗写作导航. 民圣文化事业公司,1995.

江连君. 开启童诗的钥匙. 民圣文化事业公司,1995.

江连居. 童诗寓言. 民圣文化事业公司,1995.

林文宝. 儿童诗歌论集. 富春文化事业股份有限公司,1995.

夏婉云,蔡金凉,谈卫那,徐玉梅. 快乐玩文字. 新苗文化事业有限公司,1996.

邱云忠. 童诗创作园. 青少文化, 1996.
颜福南, 赖伊丽. 诗和图画的婚礼. 民圣文化事业公司, 1996.
杜淑贞. 儿童诗探究. 五南图书公司, 1996.
冯辉岳. 台湾童谣大家念. 武凌出版社, 1996.
康原. 台湾囝仔歌的故事. 玉山社出版, 1996.
张月环. 童诗 B. B. Call. 民圣文化事业公司, 1996.
詹婷. 童诗凸透镜. 民圣文化事业公司, 1996.
何元亨. 童思、童诗. 民圣文化事业公司, 1996.
江连居, 江连君. 童诗桃花源. 民圣文化事业公司, 1996.
林文宝. 杨唤与儿童文学. 万卷楼图书公司, 1996.
杜荣琛. 拜访童诗花园. 五洲出版社, 1996.
林文宝, 林政华. 儿语三百则与理论研究. 骆驼出版社, 1997.
蔡荣勇. 试着做一把儿童诗的梯子. 台湾儿童文学学会, 1998.
谢武彰. 绕绕绕绕口令. 台湾麦克公司, 1998.
谢武彰. 杏仁茶. 台湾麦克公司, 1998.
冯辉岳. 第一打鼓. 台湾麦克公司, 1998.
谢武彰. 正月正. 台湾麦克公司, 1998.
谢武彰. 火金姑. 台湾麦克公司, 1998.
林本源. 创意童诗教室. 国际少年村, 1998.
王美珠. 童诗教学游戏——童诗教学活动设计手册. 台北市明德小学, 1998.
谢金治. 童诗——奶奶的童年. 世一文化事业股份有限公司, 1998.
姜聪味. 童诗新乐园. 民圣文化事业公司, 1998.
吕嘉纹. 童诗丰年祭. 民圣文化事业公司, 1998.
莫渝. 神奇的窗户——中国儿童诗歌赏析. 富春文化事业股份有限公司, 1999.
杜荣琛. 写给儿童的好童诗. 小鲁文化事业股份有限公司, 1999.
陈景聪. 张开想象的翅膀. 瀚扬文化事业有限公司, 1999.
洪志明. 用新观念学童诗. 萤火虫出版社, 1999.
王淑芬. 如何谋杀一首诗. 民生报社, 1999.
洪志明. 用新观念学童诗 2. 萤火虫出版社, 1999.

附录三：

相关儿童读物选书工具书目

台湾儿童图书目录."中央"图书馆编.正中书局印,1957.
台湾儿童图书总目."中央"图书馆编印,1968.
台湾儿童图书目录."中央"图书馆台湾分馆编印,1977.
台湾儿童图书目录续编."中央"图书馆台湾分馆编印,1984.
台湾儿童图书目录三编.阅览组、典藏组编辑."中央"图书馆台湾分馆,1996.

中华儿童丛书简介."省教育厅"儿童读物编辑小组主编.1971.
第二期中华儿童丛书简介."省教育厅"儿童读物编辑小组主编.1978.
第三期中华儿童丛书简介."省教育厅"儿童读物编辑小组主编.1983.
第四期中华儿童丛书简介."省教育厅"儿童读物编辑小组主编.1986.
优良中华儿童丛书简介."省教育厅"儿童读物编辑小组主编.1990.
第五期中华儿童丛书简介."省教育厅"儿童读物编辑小组主编.1991.
第六期中华儿童丛书简介."省教育厅"儿童读物编辑小组主编.1998.

学前教育数据馆图书目录.信谊基金会学前儿童教育研究发展中心学前教育
　　资料馆编印,1981.
"行政院新闻局"第一次推介中小学生优良课外读物清册."行政院新闻
　　局",1982.
"行政院新闻局"第二次推介中小学生优良课外读物清册."行政院新闻
　　局",1983.
"行政院新闻局"第三次推介中小学生优良课外读物清册."行政院新闻
　　局",1985.
"行政院新闻局"第四次推介中小学生优良课外读物清册."行政院新闻
　　局",1986.
"行政院新闻局"第五次推介中小学生优良课外读物清册."行政院新闻
　　局",1987.
"行政院新闻局"第一次至第五次推介中小学生优良课外读物清册."行政院
　　新闻局",1987.

"行政院新闻局"第六次推介中小学生优良课外读物清册."行政院新闻局",1988.

"行政院新闻局"第七次推介中小学生优良课外读物清册."行政院新闻局",1989.

"行政院新闻局"第八次推介中小学生优良课外读物清册."行政院新闻局",1990.

"行政院新闻局"第九次推介中小学生优良课外读物清册."行政院新闻局",1991.

"行政院新闻局"第十次推介中小学生优良课外读物清册."行政院新闻局",1992.

郑明进等企划.幼儿的110本好书.信谊基金会出版,1993.

"行政院新闻局"第十一次推介中小学生优良课外读物清册."行政院新闻局",1993.

"行政院新闻局"第十二次推介中小学生优良课外读物清册."行政院新闻局",1994.

1992、1993年幼儿好书书目.高明美等企划.信谊基金会出版,1995.

王思迅、曾瑾瑗主编."行政院新闻局"第十三次推介中小学生优良课外读物清册."行政院新闻局",1995.

王思迅、陈淑篋主编."行政院新闻局"十四次推介中小学生优良课外读物清册."行政院新闻局",1996.

王丽婉等编."行政院新闻局"第十五次推介中小学生优良课外读物暨第二届小太阳奖得奖作品."行政院新闻局",1997.

谢美裕、项文苓主编."行政院新闻局"第十六次推介中小学生优良课外读物暨第三届小太阳奖得奖作品."行政院新闻局",1998.

总编辑赵义弘.小太阳奖(1~3,中英文)——"行政院新闻局"中小学生优良课外读物."行政院新闻局",1998.

项文苓主编."行政院新闻局"第十七次推介中小学生优良课外读物暨第四届小太阳奖得奖作品."行政院新闻局",1999.

总编辑赵义弘.小太阳奖(1~4,中英文)——"行政院新闻局"中小学生优良课外读物."行政院新闻局",1999.

项文苓主编."行政院新闻局"第十八次推介中小学生优良课外读物暨第五届小太阳奖得奖作品."行政院新闻局",2000.

儿童图书目录第一辑.台北市立图书馆编印,1984.
儿童图书目录第二辑.台北市立图书馆编印,1986.
儿童图书目录第三辑.台北市立图书馆编印,1988.
儿童图书目录第四辑.台北市立图书馆编印,1990.
儿童图书目录第五辑.台北市立图书馆编印,1991.
儿童图书目录第六辑.台北市立图书馆编印,1992.
儿童好书书目.台北市立图书馆编印,1993.
儿童图书目录第七辑.台北市立图书馆编印,1993.
儿童图书目录第八辑.台北市立图书馆编印,1994.
儿童图书目录第九辑.台北市立图书馆编印,1996.
儿童图书目录第十辑.台北市立图书馆编印,1997.
儿童图书目录第十一辑.台北市立图书馆编印,1998.

桂文亚主编.一九九一年优良儿童读物"好书大家读"手册.台湾文学学会、民生报、台北市立图书馆、"中央"图书馆台湾分馆,1993.
桂文亚主编.一九九二年优良图书好书大家读手册.台湾儿童文学学会、民生报、台北市立图书馆、"中央"图书馆台湾分馆,1993.
管家琪主编.一九九三年优良童书指南.台湾儿童文学学会,1994.
林丽娟主编.一九九四年优良少年儿童读物指南.台湾儿童文学学会,1995.
曹正方主编.一九九五少年儿童读物指南.台湾儿童文学学会,1996.
冯季眉主编.一九九六儿童读物、少年读物好书指南.台湾儿童文学学会,1997.
冯季眉主编.一九九七儿童读物、少年读物好书指南."文建会"、民生报、"国语"日报、幼狮少年,1998.
谢玲主编.一九九八儿童读物、少年读物好书指南."文建会"、民生报、"国语"日报、幼狮少年,1988.
桂文亚主编.一九九九年少年读物儿童读物好书指南."文建会",2000.

中外儿童少年图书展览目录.台湾省立台中图书馆编印,1982.
台湾图书馆基本图书选目.儿童文学与儿童读物类.中国图书馆学会编印,1982.
台湾省一九八六年优良图书暨儿童读物巡回展参展图书目录.台湾省"教育厅"编印.无出版年月.

儿童课外读物展览及评鉴实录. 台湾教育资料馆编印, 1990.
青少年课外读物展览及评鉴实录. 台湾教育资料馆编印, 1993.
蓝祥云等."世界儿童文学名著"欣赏."国语"日报社, 1972.
刘焜辉编著. 推荐给中学生的一百本好书(第一辑). 天马出版社, 1978.
刘焜辉, 张淑贞编著. 推荐给中学生的一百本好书(第二辑). 天马出版社, 1980.
许义宗著. 儿童文学名著赏析. 黎明文化事业公司, 1983.
陈宪仁策划. 中学生好书书目. 明道文艺杂志社, 1984.
华霞菱著. 幼儿园儿童读物精选."国语"日报出版部, 1985.
子敏主编. 名家为你选好书."国语"日报出版社, 1986.
邱阿涂. 小小书评佳作选(一): 世界儿童文学名著篇. 富春文化事业公司, 1989.
邱阿涂. 小小书评佳作选(二): 中华儿童丛书篇. 富春文化事业公司, 1989.
邱阿涂. 儿童书的排行版. 宜兰县教育辅导团, 1990.
卓英豪. 书林采风. 台湾文艺基金会, 1992.
骆以军. 和小星说童话. 皇冠文学出版公司, 1994.
黄宣勋. 童书王国. 正中书局, 1995.
幸曼玲. 幼教天地. 台北市立师范学院儿童发展研究中心, 1997.
爱亚. 好书之旅——爱亚导读. 幼狮文化事业股份有限公司, 1998.
林文宝. 台湾(1945~1998)儿童文学100."行政院文建会", 2000.
林文宝. 彩绘儿童又十年. 幼狮文化事业股份有限公司, 2000.
赵镜中. 童书演奏儿童读物如何进入教学现场. 教育行政主管部门台湾省学校教师研习会, 2000.
远流编辑室. 书目绘本花园多元多彩多智慧. 远流出版公司, 2001.

图书在版编目(CIP)数据

林文宝谈儿童阅读/林文宝著. —上海:复旦大学出版社,2019.5
ISBN 978-7-309-14146-7

Ⅰ.①林… Ⅱ.①林… Ⅲ.①儿童-阅读辅导-研究 Ⅳ.①G252.17

中国版本图书馆 CIP 数据核字(2019)第 049274 号

林文宝谈儿童阅读
林文宝 著
责任编辑/谢少卿
复旦大学出版社有限公司出版发行
上海市国权路 579 号 邮编:200433
网址:fupnet@fudanpress.com http://www.fudanpress.com
门市零售:86-21-65642857 团体订购:86-21-65118853
外埠邮购:86-21-65109143 出版部电话:86-21-65642845
上海春秋印刷厂

开本 787×1092 1/16 印张 12 字数 204 千
2019 年 5 月第 1 版第 1 次印刷

ISBN 978-7-309-14146-7/I·1131
定价:35.00 元

如有印装质量问题,请向复旦大学出版社有限公司出版部调换。
版权所有 侵权必究